JN134764

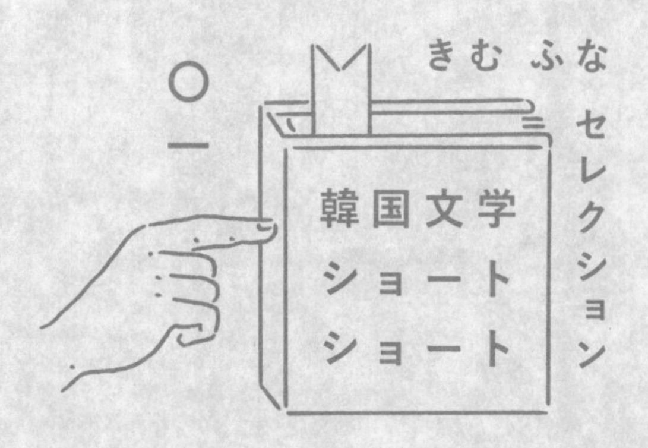
きむ ふな
セレクション
韓国文学
ショート
ショート
〇
一

夜よ、ひらけ

チョン・ミギョン 著

きむ ふな 訳

*

ぶううう――。

汽笛は細かな粒子と散って朝霧と混ざり合う。湿気を含んで生臭いその音が肌にしみ込む。息を吸うたびに胃がむかむかする。

海の上のホテルのような巨大な旅客船がゆっくり旋回すると、船窓にはヨーテボリ海岸の風景がパノラマ写真のように広がる。昨夜発った、ドイツ北部のキールに戻ってきたのかと思うほど、港の姿は似ている。巨大な貨物船と大陸を周遊する客船、波に揺れる小さい漁船、無彩色の荷役倉庫から大気の色まで。

多くの旅行客と違い僕は荷物が少ない。早朝のがらんとした船着き場は、船からあふれ出た人々で徐々ににぎわってくる。夜中に海峡を渡っただけなのに、気温は肌で感じられるほど低くなっている。肩にかけていたセーターを急いで着る。露わになっている首の辺りがひんやりして、熱いお茶が飲みたくなる。
　客室の下の車両甲板から流れ出る車と人々でごちゃごちゃしてきた埠頭を抜け出しながら、もしやと辺りを見回した。まだＰの姿はない。埠頭入口のショッピングモールにあるカフェテリアで会うことになっているので、そこで待てばいいだろう。ショッピングモールの入口は開いていたが、商店はまだのようだ。長い通路の向うからオレンジ色の暖かい明かりのカフェが見える。オープンしたばかりなのか、テラスに続くドアが全開だ。長いエプロンをつけた若い男があわただしく椅子を運んでいる。暖かい明かりと違い椅子は冷たく固かった。
　旅先の駅や港周辺のレストランは、ヨーテボリも上海も順天（スンチョン）もどこも似ている。リニアモーターカーの食堂車に座っているように、地上から少し浮いた感じというか。再びどこかへ出発するため不安定な胃袋の中に何かを押し込む、存在の悲しい動物性を感じさせるだけの、温もりも暖かさもない空間だ。いかなるメニューも満腹感を与えることはできず、だから適当にお腹を満たしたらさっさと発つようにと背中を押すような空気だけが満ちている。化粧気のないウェートレスが渡したサンドイッチはかたくて冷たい。覚醒が必要でなくてもコーヒーで飲み込まなければならない砂のような食事だ。体は、相変わらず船に乗せられているかのように、ゆっくりと揺らいでいる感覚が抜けない。
遠くで地震が起きたように揺れる感じ、その震源地は他でもない僕の胸の中だろう。

Pはわざわざ迎えに来ると言った。
忙しいだろうから、とは言ったが、迎えに来るのは当然のことだと思っている。僕がハンブルクで試写会がある日程の最後にオスロを入れたのもPがいなかったらなかったスケジュールだ。より正直に言えば、ハンブルクまで来たこと自体Pに一度会いたかったからだ。最後に会ったのは、もう九年か一〇年前。
だから僕がどうかしてると言われながら、専攻を捨て映画界に飛び込んだのも一〇年近くなる。困難な時期も多かったが、運がなかったとは思わない。製作した映画が五本を超えたあたりから、評論家は僕に作家主義という名をつけてくれた。いつからか新しい映画ができあがると好意的であれ悪意的であれ、マスコミでは結構大きなニュースとして扱ってくれた。最近は映画祭に参加すれば、僕のフィルモグラフィすべてを覚えて、神さま、といった目で見つめるファンに会うのも珍しくない。国内の観客数はいつも一定の数を超えられないが、それは僕の能力の問題というよりそもそも自分が目指すところではないと考えるほど、少し傲慢になっていた。

ヨーロッパでの僕の評判はかなりよい。初めて南ヨーロッパで開かれる映画祭に招待された時、寝つけずときめいた夜にも、僕はPのことを考えていた。大げさではあるが、出発前にある国内新聞は、ヨーロッパで大きな反響を巻き起こしている某監督のヨーロッパ文化歴訪、という特集記事を掲載した。ハンブルクでの試写会の招請状をもらった瞬間、今回の旅の本当の目的はPに会うことだと考えた。

Pに向けられた神の特別な恩寵を見守ることで、僕の青少年期は終わった。モーツァルトとサリエリ? Pと僕はそれとも違っていた。才能があるにもかかわらず、不遇な現実を生きなければならなかったモーツァルトと違い、Pは現世においてこの上ない栄光を享受してきた。荷造りをしながら、僕はただPに見せるために記事のスクラップをカバンに入れた。

コーヒーのおかわりに行くと、北欧の娘はいれたばかりのコーヒーをカップいっぱいに注ぎながら、あなた、船に乗って来たんですね、と明るく笑う。ブロンドよりも明るい髪の毛。陰毛もあの色だろうか、つまらない考えがかすめる。欲情とは関係ない。今、僕の胸の中でじりじりする苛立ちも続けざまに飲んだ濃いコーヒー以外、何の理由もないと考えたい。

通路を走って来るPの姿が見えると、思わず体が起き上がった。目を見つめ合い手を取り、そして抱きしめた。彼も僕も、久しぶりだな、などとは言わない。荷物を一つずつ手に取り外に出ると、八月の日差しは眩しいけれど涼しい。車は？ とあたりを見回すと、目の前に停めた、干し方を間違えたふくべをひっくり返したようなシトロエンのドアを開ける。

「お前、相変わらずだな。これは何？ 最新流行のグラフィティーか？」

Pはそっと例の自信満々な笑みを浮かべる。ポルシェだってカラー別に買えるヤツが所々ペイントが剝がれた、設置芸術（インスタレーション）のように見える軽自動車だなんて。すべてを手にした者の、あまりにも容易（たやす）かった人生に対する冷やかしだろうか。それにしてもちょっとひどい。助手席の底にはコインが落ちそうな穴がいくつもあって道路が見えるほどだ。

「試写会はどうだった？」

どこから話せばいいだろう、糸口を探していたらPが昨日のことを尋ねる。それが当然の順序かもしれない。一〇年の歳月を探るには、このように遡ってみるのがはやくて正確な道を見つける最もいい方法だろう。
「ああ、盛況だったよ。辺境から来た芸術家を、第三世界の作家とも言える人間をこんなに扱ってくれるのかと思わせるほど真剣だった」
「それ以上ではない。こちらにいるのが長くなるほど感じることだけど、それだけだ。決して、心から受け入れはしないということさ」
「そうだろうか」
「ま、映画監督もなかなかいい職業だと思うよ。映画を作ってる間は自分が神だと錯覚できるもんな」
これがPだ。Pは変わっていない。わずかな彼の言葉が、ハンブルクでの数日間に浸っていた浮き立った気持ちをすぐに覚まさせる。僕が知りたいのはPの近況だ。僕の視野から遠ざかったあと、どれほど走ってきたのだろう。
「最近も忙しいのか?」
「変わらないいな」
Pは少し眉間を寄せる。変わらない人生の成就が少し退屈であるかのように。

市街地を出る前にPは車を止め、しばらく待つようにと言って道沿いのマーケットに入る。都心というには通行人があまりにも少ない。Pまで視野から消えると、大きな風景画の中に入っているような気分だ。これほど大きな都市の人口が五〇万にもならないと、道で会う人さえうれしいだろう。しばらくすると両手に買い物袋を二つ下げたPが出てきて、トランクの中に入れる。大きさにしては重いのか、垂れ下がったビニール袋は危うく破れそうだ。

「ここまでがスウェーデンだ」

国境の印だけが残っている検問所を過ぎるとノルウェーだった。Pの家は北へ一時間半ぐらい走らなければならないそうだ。ロサンゼルスで有名な外科医だったPがなぜここに移ってきたのか、そしてなぜ現場をやめて研究医の道を選んだのか、この前の電話でPは話さなかった。

「お前、最近は何をやってるんだ?」

「おれ?……免疫学の方なんだけど、論文が発表されれば画期的なものになるよ」

Pはもう画期的な成果にも飽きたといった口調だ。

「免疫なら、生化学に近いのか? お前は現場主義だよな? 研究室は退屈なはずだけど。ループスの治療か新しいウイルス？」
「そんなつまらないものじゃない。聞くか？　これは、魂の免疫に関するものだよ」
魂の免疫、だと。僕たちは同じ大学の医学部で勉強したし、今でも家庭医学レベルなら診られると思う僕だが、魂の免疫とは聞いたことがない。一〇年間で医学の領域はまた、そんなに拡張したというのか、でなければ精神科のことだろうか。Ｐは少しもったいぶってカップホルダーにあるボルヴィックを手にとり一口飲んだ。少し揮発性のある香りが鼻先をかすめる。ボトルの中の水も少し黄みがかっていた。
「記憶に関する免疫とでも言うかな。例えば免疫とは何だ？　一度病んだ病気に対する身体の記憶と言えるだろう。はしかや水ぼうそうは一度かかれば一生かからないように、薬で脳の特定部分にある記憶のメカニズムを解除することは可能なのかに対する研究だよ」
「理論は分かるが、現実的に可能だろうか。その特定の記憶とは何だ？」
「愛、だ」
僕は、冗談かと問いたいのを我慢する。僕が医学の勉強をする頃に、誰かに幹細胞で新しい臓器を作ることができると言われたら、変人扱いしただろう。

「可能だろうか」

「すべては想像力の問題さ。おれなら、可能だと思う」

Ｐは、会った瞬間から僕を吸い込んでいる。話を聞いているうちに、彼なら可能かもしれないという気がしてくる。想像力に関してはＰに匹敵する人間はいないはずだ。遠い昔、想像力など許されそうにない外科手術室ですら、いつも奇抜な想像力を発揮した彼だ。開腹手術後の患者に急な不明熱でもあれば、数多くの処置法のうち二、三を組み合わせて施術する彼の感覚は実に幻想的なものだった。差し迫った瞬間であるほどＰは冷静になり、刃先のようなその緊張の瞬間を毎回楽しんでいるようだった。外科手術の時の彼の針さばきはけちをつけるところがないレベルを超え、患者が望むなら五臓六腑どこにでもヒナギクやバラの花の刺繍をほどこすことができそうだった。手術室で老教授が後処置を任せる唯一のレジデントだった。真の美しさは内面からだ、なぜ胃腸の整形はしないのか分からないと言うＰに、当時上映中だった映画からとったコリアン・キルトというあだ名をつけたのは僕だった。

「おおざっぱに要約すれば、こうかな。キューピッドの矢も持てなかった愛の同時性と同分量、そして持続性。脳波に作用する薬の効能で、一粒の薬を分けて服用した人だけを愛するようにさせる薬。望むなら放射性同位元素の半減期ぐらい長く愛せる薬。愛の悲劇の原因が何だと思う？　結局は愛の非同時性だよ。ひとりはまだ熱いのに、ひとりは遠い昔に火から下ろした鍋のように冷めている。アスピリンとペニシリン、そしてバイアグラは人類が作り出した三大神薬に選ばれてるが、この薬はそれらを超える暴風を巻き起こすよ。二〇世紀から人間を慰めてきたバイアグラやボトックスなどのハッピードラッグの決定版とでも言うか」
Ｐの話は、真剣だ。
「血流量の変化という肉体的なメカニズムだけに作用したバイアグラ類の薬とは次元が違うということ。脳の特定部位に作用して身体と精神を同時にコントロールすることの薬は、科学と魂が相互補完的にリンクする画期的な新薬になるだろうね。プロジェクトの名は、ラブピアだ」
ラブピア。
Ｐ、らしくない。誰が聞いてもラブとユートピアの雑な組み合わせに過ぎないそれは、コンビニで名前だけ読んでも中身を察することのできるコンドームの商標名のように聞こえる。

「用法は非常に簡単だ。二つの色に分かれた楕円形の錠剤を二人が分けて飲む。一〇秒もあれば水の中で完全に溶ける発泡錠の要領さ。いかなる副作用も、習慣性もない。糖尿や高血圧はもちろん、癌患者も服用している薬と衝突することなく飲むことができる。末期癌の患者はこの世での最後の一日一日をあふれる愛の輝きの中で過ごすことができるんだ。おまけにモルヒネより強力な鎮痛効果を得られるだろうし。吸収のメカニズムはアルコールに似ていて、薬効発生までの時間は驚くほど短い。食道から吸収されながら効果が発生するんだけど、特に敏感な体質は発泡過程でできるガスを吸い込む時点で効果を感じることができる」

「例えば？」

「相手のすべてのことが愛おしくてたまらなくなるんだ。牝鹿のような目は言うまでもないが、平べったい胸もかわいくて、見るたびに噛まずにはいられないのさ。何度も乳首が血に染まるかもしれない。足裏にある魚の目が愛らしくて、その足で一度でもいいから顔を踏みつけてくれと哀願するようになるだろう。彼女に白髪ができれば、芸術など何も分からない人も白黒のミニマリズムの美学に気づくことができる。彼女の汗をなめながら、人はなぜ単純な甘さに惑わされ塩味があたえる奥深い味覚的な恍惚を見逃すのか悔しがるだろう。彼女のかわいいおならは最も美しい音楽になるだろうし、五つの栄養素が発酵したその臭いは、おまけに人間は食わずには生きられない存在だという哲学的な悟りまであたえることになるのさ」
「その薬はどんな人が買うんだろう」
「情熱的で抑制のきかない、永遠に続きそうな愛、その相手でなければ死んでもよいといった献身の約束が少しずつ薄れ、ある瞬間冷たくなる半減期がそれぞれ違う、愛の辛さを経験した人はこの薬の出現に熱狂するだろう」
車は北に向かってまっすぐ上って行くようだ。気温が少しずつ下がり、苔類の植物が野原を覆った風景に変わっていく。空気は透明というよりガラスでできたように丈夫そうだ。Ｐの話は、車窓をかすめていく風景ほど馴染みがなく幻想的だ。
「愛の喪失を病気だと考えるのか？」
「そうだな、医者は自分たちが治せるのは病気と言って、治せないのは本性だと分類してしまうだろう？　例えば孤独や嫉妬、悲しみのようなものを病気とは呼ばない。睡眠薬が出る前、それはただ眠れないことであって不眠症ではなかった。プロザックが出てきて憂鬱は鬱病になっただろう？　この薬ができれば情熱の消滅は病気になる」

長い熱弁のあと、Ｐは喉が渇いたのかボルヴィックをごくごくと飲む。

このプロジェクトはどこまで進んでいるのだろう。にわかに信じられるような話ではないが、信じないこともできないのは、Ｐの夢が一つ残らず成しとげられるのを最も近くで見てきたからだ。彼の人生に不可能はなかった。神の特別な恩寵を受ける者は、周囲から同じ量で妬まれることになるが、Ｐには彼への恩寵が当然のことのように思えるようにする才能まで持ち備えていた。

Ｐと初めて同じクラスになったのは高三の時だが、彼はすでに校内で歩く神話だった。新しい教室に入りＰが座っているのを見た時、最初に僕の頭の中をかすめたのは、今年は一度も一位になれないということだった。休み時間にＰが参考書などを覗いている姿を見たのは一度もなかった。彼の家がとても貧しいという噂があったが、目をこすって探しても彼には貧しさなど見うけられなかった。しわがよった古いＴシャツもＰが着れば最新流行のヴィンテージルックに見えた。大学の首席合格者が、「学校の授業だけで睡眠は十分にとった」と云々すれば人は嘘だと片づけてしまうが、僕はＰを見て世の中にはそのような人間もいることが分かった。

Pの姿を横で盗み見することは剝奪感と魅惑を同時に味わわせた。股ぐらに湿疹ができるほど机の前で夏休みを送ったが、二学期初めの模擬試験でも僕は相変わらず二位だった。一緒に志願した医大にPは首席で合格し、何番目だか分からないが僕も合格をした。僕には過分な結果だった。もしかしたら一度でもPに勝ってみたかった僕の涙ぐましい努力がもたらした成果だったかもしれない。

母校に残るためには、普通は家柄と財産と実力と天運を同時に兼ね備えなければならないという伝説があったが、Pが大学病院に残ることを疑う者はいなかった。そんなPが論文発表の場でとった態度については意見がまちまちだ。発表を控えては緊張のあまり食事もまともにできないのは基本で、発表後は意図的に気勢をそぐための奇異な質問に真冬でも冷や汗でぐっしょり下着を濡らすのが常だった。そんな審査場に、PはTシャツにくしゃくしゃのチノパン姿で現れた。手ぶらだった。何も持たずに立っている彼の姿に僕の額に汗が流れた。誰が見ても傍若無人だったが、彼の論文発表は簡潔で核心をついていた。何よりも既存の理論をつぎはぎすることなく、優れた独創性のある論文だった。内容はさておいても、最も美しい文章で書かれた医学論文だったことに異論を呈する人はいないだろう。彼は明確に傲慢で、その傲慢は眩しかった。その傲慢さがついには僕を惨めにしたことも、僕はまだ覚えている。
噂によれば、その日の評価は教授によって差が激しかったようだ。審査員の誰かは彼の行き過ぎた傲慢を理由に激しく反対し、自分の反対を通らせるため辞表まで添えたという。友人たちの分析どおり、アカデミズムの冒瀆に対する怒りなのか、彼の席を狙っていた誰かの一発逆転なのか、彼は審査を通ることができなかった。そしてPはアメリカへ発った。僕は彼の最も近いところにいたが、その言動からは最後まで後悔も恨みも読むことができなかった。彼がいなくなったところで僕は自分に問いかけた。医者として生きることは、本当に自分が望んだことだったのか。この仕事でお前は幸せになれるとでも思うのか。
Pはライバルだったろうか。そうではなかった。ライバルというのは、川を挟んで両岸を走る者、という語源があるとか。互いの姿をわき目で見ながら、破裂しそうな心臓と痙攣を起こす脚をずるずる引きずりながらも己を走らせる者。しかし僕は一度もPと並んで走ったことがない。いつもPの後ろで息を切らしていた。川の向こう、ずっと先ではあったが、彼が完全に姿を消えてしまうと、僕はすぐ道に迷ってしまった。彼が消えた時の挫折を、彼がいた時の挫折より大きく感じるなど予想だにしなかったことだった。Ｐは僕の人生のナビゲーションであり、見えているが距離を縮めることのできない虹だった。今も時おり夢を見る。厚い霧が立ち込めた川辺。青みがかった霧の向こう岸を、冷たくて端正な横顔で走るある青年の姿が見える。

彼は決して僕の方をふり向かない。

アメリカに行ってもＰの噂はリアルタイムで韓国に飛んできて広まった。彼が西部の最難関医学部に入ったのも、そこで確固たる地位を得たのも、太平洋の波が庭の端になびく邸宅を購入したのも、間もなく外科チームのキャプテンになったのも、僕たちにはそれほど驚くニュースではなかった。彼なら、そうしただろう。彼が遊ぶにはあまりにも狭くて離れた池で僕はもぞもぞと泳いでいた。彼が去った後、彼に対する意識の体積はより大きくより生き生きと頭の中で膨らんでいった。

僕は彼を頭の中から押し出すことができなかった。

僕は医者への道をあきらめた。人体の内部を覗く代わりに、魂の内部にカメラを向ける方を選んだ。Ｐ、お前が風の吹く川辺を走るなら、僕は道のない野原を走ってみる。そして遠くにいるＰと僕の間に見えない川はずっと流れてきた。いつの日か、彼はできなかったが、僕がやり遂げたものを彼の前に差し出したかった。ある日、Ｐが理由は知らないがアメリカでの生活をやめて北欧に行ったという話を聞く前まで、僕はＰの一挙手一投足までではなくても、彼の座標を常に確認していた。その後の沙汰は分からなかったが、時おり同じ時期に勉強した友人に会えば、いつかはＰがビッグなプロジェクトを持って世の中を驚かせる日が来るだろうというのに異論はなかった。

ラブピア。お前はまた、どこまで走ってきたのか。手を伸ばせばふれることのできるところに座っているお前は、また、どれだけ先へ、遠くへと飛んで行ったのか。

＊

「あと少しだ」

北の方へ走り続けた車は、もう大通りを抜けて野原の間に入った。村一つに家が一軒といった感じだ。

Ｍはどう変わっているのだろう。

しかし三〇代は人間の外形が最もゆっくり変化する時期と言われる。内面の激しい変化に比べればだけど。オスロを行き先に入れた時、僕はＰとの再会だけを考えていただろうか。つやのある暗褐色の馬何匹かがのどかに草を食んでいる牧草地を通り、傾斜のある道を上がると赤い屋根の家が現れた。質素でこぢんまりとした農家のように見える。天井だけある駐車場に車を停めて外に出ると、熟した小麦色の大きな犬がのそのそと歩いてきて、吠えることもなくPの脚に鼻をこする。

長い間手入れをしなかったようで庭は荒涼としている。昨年の蔓が黄色く枯れてからまっている上に新しい蔓が伸びている。爪ほどの紫色の花がついている。庭のまわりに切られた丸太が錆ついたように赤色を流して積まれている。剪定をしてなく伸びた木々が家に影を垂らし、玄関に続く狭い道を除くと、踏み入る人がいないのか真っ黄色い野花が咲き乱れている。息を吸い込むたびに空気の通り道がひんやりする。大気は染みるほど透明だ。端に何本か立っているリンゴの木に、小さな赤いリンゴがクリスマスのイルミネーションのようにかわいらしく実っている。超現実主義の絵画のような風景の前で僕はしばらく言葉を失う。荒涼としていて、またひどく美しい庭だ。

僕にはそう見える。

もしかしたら、彼が持っているすべてのものに対して僕はそう受け入れてきたのかもしれない。美しいのは美しく、醜いのは醜いまま、Pのオーラのもとではすべてが畏敬を本質とする傲慢な存在感を放っていた。荒っぽい刃跡さえ崇高な苦痛の再現のように見える木版のイコンのように。
カバンをとり出して車のトランクを閉めながらPは僕を見つめる。
「妻には話すなよ」
「何を?」
「さっきの話だよ。これは、多国籍の製薬会社と国境なしで働く何人かの研究チームの極秘プロジェクトなんだ。長い目で見なければならない研究でもあるし」
「そうだろうね」
答えたものの、Mがその話を聞いたとしてもこのようなところで誰に話すというのだろう。荒涼とした庭に立ってそんなことを話していると、玄関のドアが開きMの顔が現れる。凍った体を突然火におし当てたように僕は少しゆらめく。
「お久しぶりです」
「本当に、久しぶりだね」
久しぶりなことが分からないとでもいうのか、こんなありきたりなあいさつしかできないとは。僕たちは庭に立ったまま、ソウルからここまでの移動経路と、この夏ソウルがどれほど暑いのかと、オスロでの日程について話をした。ソウルの汚い空気といつもの渋滞について話すと、Ｍの目がかすかに細くなり、なげくようにつぶやく。わたしは、その汚くて濃い空気が懐かしい、もう一度吸ってみたいわ。僕たちは久しぶりに聞いた冗談のようにハハハ、と大げさに笑った。Ｍは変わってなく、そして大きく変わっていた。変わってないところは分かるが、変わったところが何かは分からない。会話が切れる短い隙間から絶対的な静寂が押し寄せる。

室内はとてもシンプルだった。丸太でできた民宿のように、小さなキッチンと長い一枚板のテーブルが全部だ。テーブルの上に食事の準備ができていた。食事をしにあの遠い道を走ってきたかのように、僕たちはまず食卓に座る。味噌チゲ(テンジャン)と焼き茄子、キュウリの和えもの、サラダ。とてもシンプルだ。

「なあ、お前、こんなところで暮らしていたんだな。まるで天国だ」

あまりにも質素な食卓の前で、僕は窓の外を見渡しながら大げさに話す。Ｍがご飯をよそう間、Ｐは外に出てワインを一本持ってきた。ＭがＰを見つめながらさりげなく聞く。

「昼からお酒を？」

「遠くから友人が訪ねてきたんだ……あいつが買ってきたんだよ」
僕は違う、と言うことができない。まったく、手ぶらで来るなんて、何に気をとられていたのだ。
練り物とジャガイモしか入ってない味噌チゲはおいしかった。ここでは韓国の食材を手に入れるのがとても難しくて、とMは食事の間何度もあやまった。Pは食事には口をつける様子もなくワインばかり飲んでいる。食事が終わると、Mが部屋の中に入りながら、ちょっと、とPを呼んだ。Pが部屋に入ってドアを閉める。内容のわからないMの声が少し高く速く続く。Pの声は聞こえない。何だろう。しばらくしても出てこない。一〇年ぶりに会った友人をおいて夫婦げんかをしているとは思えないが。トントンと部屋をノックし、返事を待たずにドアを開けてみる。どうした？　なだめるように尋ねる僕に顔を向けたMが、少しだけ待っててもらえますか？　これは、わたしたち夫婦のことなんで。笑みも浮かべずに言う。僕は少し面食らってドアを閉め、窓側に立って外を眺めている。部屋から出てきた二人の表情は何もなかったように平然としていた。
僕が泊まる部屋を案内するからと、Mは狭い階段を上る。屋根裏部屋のように斜めになった天井の下に、シングルベッドの上のふとんは新しく準備したようで清潔だ。長く使ってなかったのか、古い穀物倉庫のような匂いがする。迷惑をかけたのでないだろうか、気になる。
「オスロで泊まればよかったかな」
「そんなことありません。彼も寂しいし、部屋もあるのに」
「敬語、使わなくても」
Mが僕をじっと見つめる。Mは少しも変わらなかった。しかし僕が知っているM、つるんでかき氷を食べに行き、映画を見に行っていたMではない。そんな話ではなく、会えば他に話すことがたくさんあったはずだ。
「この村の名前は？」
「ウンジャクレボ」
「……ウンジャクレボ。天国のように美しいところだな」
Mが突然石を投げつけるように小さく叫ぶ。
「天国？　わたしは、ソウルが恋しい。戻りたいわ」
汚い空気さえ懐かしい、と庭で話した時は笑ったが、繰り返されるその言葉は暗号のように聞こえる。誰か解読してほしいと願って宙に送る暗号。しかし暗号を読み解くには僕たちはとても長く、とても遠く離れていた。僕はカバンを下ろして窓の外を見渡した。オスロのホテルで泊まった方がよかっただろうか。木の雨戸のついた窓から見える湖の色は青くて冷たい。

「湖のそばなんだね」

Mが細いため息をつく。

「フィヨルドよ。後で行ってみて。こっちの人はよく泳いだりするけど、わたしには冷たすぎて」

Mが部屋を出てから着替えて降りてみると、Pが庭で取ってきたと赤く熟したリンゴの皿を僕の方に押してくれる。

「皮ごと食べろよ。フィルムは持ってきたのか？　一緒に観ようよ。明日、おれは研究所の仕事で一緒には行けそうにない。彼女と二人で行ってきてくれ」

「そうか」

淡々と答えたが実はとてもがっかりした。僕は明日Pと試写会に行くものだとばかり考えていた。僕の作品をちゃんとシステムが整った場所でPに観せたかった。彼のものよりは小さいけれど、僕なりの喝采と栄光の中に立っている姿を見せたかった。

　メーキング・フィルムを先に入れた。カメラを持った者が笑っているかのように画面が揺れて始まる。撮影現場のあわただしい風景、短パンを着た僕、帽子をかぶっている僕、スタッフに指示を出してどこかへ走って行く僕、最後の撮影を終え泡立つビールジョッキを高く掲げて笑う僕。同じフィルムなのに、なぜ韓国で観た時と感じが違うのだろう。笑っている僕の顔もよそよそしいが、声はさらによそよそしい。不安定で忙しく叫ぶ僕のそそっかしい声のため、僕は少し落ち込む。

　世のすべての人にではないが、誰かには正午の孔雀のように見せたい瞬間があるというのに。

　Ｍが、自分は試写会で観るからしばらく出かけてくると言う。買い物に行くようだ。僕は少しＰに腹が立つ。最も近いマーケットまで一時間以上かかるというので、往復三時間だ。僕との帰りに買い物してくるのがそんなに難しいことだったのか。ふくべのようなシトロエンが小麦畑の間をくねくね這っては消えゆくのがソファに座っても見える。Ｐが立って、酒のボトルとグラス二つを持ってきた。食事の時に飲んだワインがまだ覚めていないのに。僕がそうであるように、Ｐもやはり、長い時間の隙間がすぐには埋まらないようだ。
いっぱいに注いだ杯一つを僕に渡してグラスをぶつける。チーン、音が大きく響く。白ワインだと思ったがとても強い酒だった。一口飲んだ僕は顔をしかめているが、Pは一気に飲んでしまう。
「カルヴァドスだ。レマルクの『凱旋門』を読んだことは？」
「いや」
「そうか。読んでいればよかったけど。ま、仕方ない。小説の中でラビックという男がいつも飲んでいる酒だ。リンゴ酒、ノルマンディ産だ」
Pはあたかもその男のため仕方なく飲むかのようにもう一杯注いで、ラビックのために、と言って一気に飲んでしまう。爛熟したリンゴの香が鼻をかすめる。ストレートで飲むには無理と思われるほどアルコールが強い。
「おれは映画が好きでない。映画は人生の表面だけを表すからな。観てから、お前がまともな映画を作れそうだったら、おれが一つシナリオを書いてやる。映画はシナリオが半分じゃないか」
シナリオを書くことができるというPの話は口先だけの戯言(たわごと)ではない。僕はPが高三の時に書いた小説のタイトルと内容を今でも覚えている。ポルノだった。僕は彼の最初の読者であり、たった一人の無料読者だった。クラスメートはＰの闊達（かったつ）な字で書かれたその不法出版物を読むために、パン二つとミルク一パックを提供しなければならなかった。みんなが夢中だった。ウェイティングリストがあるほどだった。

午後の授業中だった。Ｐの小説に没頭していたヤツは、隣の子がわき腹をつつくまで先生が自分の横に立って一緒に読んでいることに気がつかなかった。『初麦とマ先生』だと……ノートを取り上げた先生がタイトルをゆっくり読み上げると、うとうとしていたクラスの半分ぐらいのヤツらがすっかり目を覚まして、垂れた涎（よだれ）を手の甲で拭きながらことの事態を見守った。ノートを一枚ずつめくっていた先生がＰの名を呼んだ。何を誇らしい内容だと思って一番前に自分の名前を書いておいたのか。Ｐが席を立つと先生はゆっくりＰのところに歩いていった。先生は前回の授業内容を確認するかのように尋ねた。初麦とは何だ？　Ｐはためらうことなく答えた。女性のあそことそっくりではないですか。先生はにやにや笑った。その笑いはチョークの粉を吸いながら教壇で過ごした歳月が無駄ではなかったように、弟子の天才的な才能を発見した老いた師の笑みのように楽しげだった。僕たちは先生が大目に見てくれると思った。

全校トップの前で先生たちの手はいつも筋肉無力症になった。マ先生は、なんだ？Ｐが素早く答えた。『愛馬婦人(エマ)』[*1]の男性バージョンです。くっくっと学生たちが笑い出した。顔が長いその国語の先生を僕たちは馬(マ)先生と呼んでいた。そうか。先生は静かに体を屈めると、履いていたスリッパの片方を脱ぎ手に取った。先生は開化期の礼拝堂の鐘を打つようにほおをたたいたと後でＰは言った。神聖冒瀆的な表現だったが、速度と情熱を表すには大変適切な比喩だった。僕はＰのほおを見て先生のスリッパの底がダイヤモンド模様だと分かった。Ｐはそうした逆境にもかかわらず、さらに二本を書きシリーズを完結させた。反応は熱狂的だった。二つのパンがあれば一つを売ってバラの花を買えというコーランをいつ読んだのか、クラスメートはその小説のため喜んで一日のおやつを捧げた。Ｐの小説にはクライマックスが遅過ぎるという不満もあったが、Ｐは読者の要求に揺れたりしなかった。おい、本当にいいのはやる前なんだぞ。僕たちはそれを明朗ポルノと呼んだ。

　Ｐはその作品ですでに女性のあそこに対する産婦人科的な知識を駆使した。クリト

＊1【愛馬婦人】　八〇年代を風靡した韓国ポルノ映画。

リスという単語を使って、ペッティングのテクニックを生物学的でありながら詩的に記述していたのだ。もちろんそうした類の小説の一部を書き写しただろうという疑惑がなくはなかったが、何よりも驚いたのは露骨でありながら一定の格調を保っていたことだ。クラスメートの中には一人でやる時、ヌード写真よりPの小説を読みながらやるのがもっといいと主張するヤツまで出てきた。後の日に女性の体に実際触れるたび、僕はいつも彼の小説で味わったその狂おしい夢幻を探し求めたが、現実はいつも彼が見せてくれた世界には及ばなかった。

ふり返ってみれば、自分がどれほど美しいのかが分からない一三歳の少女のように、それはポルノだとさげすむには断然眩しいところがあった。なぜそれでも人生は美しいものなのかを空しくも不穏な器に入れて描き出した芸術だった。隠すことのできない生のエネルギーが正午の噴水のように吹き出ていたその文章。……僕の記憶の中でPのそのシリーズは、ますます不穏に、悲しいほど耽美的に昇華されていった。それ以来、紙であれフィルムであれ、いかなるポルノもそれほどの幻を僕にあたえることはなかったし、人間の持つ獣の属性をそれほど悲しくも美しく表したものを見ることもできなかった。僕の映画はもしかしたらそれを跳び越えたかった欲望の産物だった。

Pは、まだその小説の内容を覚えているのだろうか。そうだとしても、僕ほど詳細には覚えていないだろう。

Pは目では画面を観ながら話を始める。Pの話で映画のセリフがズタズタと切れる。

「あれがソウルなのか？　帰ったら、ここにいるより異邦人になりそうだ」

「変わったところだけだよ。場所によっては昔と全く同じさ」

「お前の話をしてみろよ。どうしていたんだ？」

「僕の話はあのフィルムの中に全部入っている」

画面を見つめるPの目は少しずつ焦点が合わなくなるが、僕は彼がもっと集中して観てほしい。流すように観てしまうには、あまりにもたくさんの情熱とエネルギーをフィルムに注ぎ込んだ。登場人物の影一つも疎かにしなかったし、視線の角度までノートに記録しながら撮影したものだ。お前の手はコリアン・キルトかもしれないが、生まれ変わってもあんな映画は作れない。Pはいつのまにまとまりのない自分の話ばかりしている。

「そうか。おれのプロジェクトについてはどう思うんだ？　遅くとも再来年には『オーバー・ザ・ネイチャー』にこの新薬に関する記事が載る。人類が月に最初の一歩を踏んだ時のように、あるいはクローン人間が地球上のどこかで生まれるまで秒読みに入ったというニュースのように、地球を揺さぶることになるだろう」
「テクノロジーにおけるパンドラの箱ではないだろうか」
僕は少し皮肉的になる。Ｐは意に介さない表情だ。
「科学が核酸と蛋白質の次元を超えることだね。燃やせば一握りの無機物にすぎないけれど、息をする人間は核酸と記憶、蛋白質と欲望が混ざり合った奇異な存在ではないか。人々は不可能だと言っている。おれはできる。おれは、記憶と欲望を管理するようになった最初の医学者として永遠に記憶されるんだ」
研究に対する話を延々とならべている間、画面はいつのまにエンディングクレジットになっていた。
「……ところで、最後の場面なんだけど。これはどうだろうか」
もうＰが口を開くたびにむんむんと酒の臭いがする。
「さっき、泣いている女の顔のことだけど。彼女は映さないで、いっそ室内の暗い角や階段などをとらえて、声だけで、彼の名を呼んだ方がよかったんじゃないかな。つまり、見えない女の表情がより大きな悲しみを表現できるのではないか。感情のない無生物を画面に映して。枯れた花瓶の花でもいいだろう。悲しみと後悔と気が狂ってしまいそうな怒りを表現するために、あの最後の場面は自らを制限しているように見える。あれはだな、これでも、これでも泣かないか、と突きつけるようだよ。そうじゃないか、新派？」

Ｐの声は低くも高くもない。言葉に詰まったり舌がもつれたりもしなかった。布でぐるぐる巻いた空き瓶で後頭部を一撃された感じだった。僕はなぜそんなことを考えられなかったのだろう。すべての可能性を残しておいたと考えていた。数多くのシーンを使って愚かに見えるほどたくさんのデモフィルムを作った。これ以上の効果はないと確信して選んだシークエンスだった。なぜ最後まで僕の想像力はそちらに向かなかったのだろう。

「映画は人生の影に過ぎない。影は捕らえられないから影なんだ。あえて何かを語ろうとしないで、語られないものを描いて、その実体が浮かび上がるようにしてみたら？　お前は、親切すぎるよ。ゆっくり、溺死体が腐敗しながら水に浮かび上がるように、そう。……親切なのはありきたりで、ありきたりは退屈なんだ」

Ｍは帰ってこない。僕は時差を言い訳に休みたいと席を立つ。階段を上がる僕をＰ

が呼ぶ。ふり向くと目を細くしたPが僕に尋ねる。
「アンデルセンの幼い頃の夢を知っているか？」
僕は知っているとも知らないとも言わずにPを見つめる。
「アンデルセンの夢は、中国の王様にスカウトされて金でできた宮殿で歌いながら暮らすことだった」
再会してから初めてPが少し眉間をしかめた。何が言いたいのだろう。
「……夢は、叶ってはいけないってことだ」
僕は何も言わずにしばらくPの目を見つめてから二階に上がった。フィヨルドの水の色はその間灰色に変わっている。外はこれ以上暗くならない。影のできない微かな明るさの中で野花の黄色がさっきより際立っている。茎を切ればふわりと一気に浮かび上がりそうだ。僕がここまで来たのは、ただPにフィルムを見せるためではない。僕はオスロで僕のフィルムが上映されるのを、評論家とマスコミの注目をあびる僕を、その間の僕の映画の成果が載った記事を彼に見せたかったのだろう。
ところが、Pは試写会に来ないそうだ。僕の映画は僕の欲望だけが、執着だけが目立つそうだ。親切でありきたりで退屈だと。傍若無人な態度で論文発表をしていたP、ロサンゼルスの上流階級の患者を対象とする病院でオリエンタルエクスプレスと呼ばれ、患者たちの神として君臨したというP、天国はこんな風景だろうかと思われるスカンジナビア半島の一点であるウンジャクレボで、いまでは記憶と欲望を制御する新薬を開発するというP。彼には、ここの風景のように夜がない。一向に暗くならない大気とますます妖艶に自ら光を放つ野花と凍りついた川のように見えるフィヨルドを眺めて、僕は長らく窓際に立っていた。野原の先に一つの灯が見える。

帰宅を急ぐカブトムシ一匹が僕のもとに飛んでくる。

Mが帰ってくる。Pこそなぜあんな車に乗っているのだろう。ユーモアを楽しむPが自分の眩しい日常に投げる軽快な冗談なのだろうか。Pが持っているものの中で最も尊いものが、彼が持っているものの中で最もつまらないだろう古いシトロエンに入れられ近づくのを見て、僕は思わず泣きたくなる。記憶と欲望をコントロールできる薬だと。

夜はとうとう黒くならない。

*

一緒に行ければいいんだけど、と先に話すPに僕は何が言えるだろう。二位はそのままビリになる激しい新薬研究の分野では、心臓にヒナギクの刺繍をほどこすことよりはるかに忍耐と創造力が求められるのかもしれない。

Mは昨日どこまで買い物に出かけたのだろう。朝の食卓には玉ネギをたっぷり入れた辛めのジャガイモスープと焼き鮭、唐辛子の粉が数えられるほどしか入っていないキャベツの浅漬けキムチが上った。オリエンタルマーケットが珍しくないドイツ北部とはまた違う、異国生活の困難が垣間見えた。インスタントラーメンでも二、三箱持って来ればよかった、と思う。昨日はすっぴんだったMが朝はうっすら化粧をしている。車に乗る前、MはPの横に行って僕には聞こえないように何かを話す。Pは上の空でうなずいてばかりいる。エンジンをかけるとシトロエンは古いトラックほどの騒音を出す。Pに手を振ってシートベルトをしめる。試写会は午後だ。早めに出てバイキング船博物館やムンク美術館にでも行った方がいいと言ったのはPだ。

ゆるやかな高低を繰り返す道路の両側には巨大な絨毯を広げたようにシダの植物群が敷かれている。もう僕の心の中にMへの情熱は残っていないと思う。長い時間が経ったからではなく、Ｐの妻になったからだろう。
　人生の曲がり角でふとＭのことを思い出すことがあった。そんな時はＭの顔より先に浮かび上がるのは彼女の腕だった。白い半袖の制服の下に七センチぐらい見えた、目にするたびに胸が詰まってしまった、制服の白とは違うが白い、としか言いようのなかった腕。あの頃、僕の欲望の対象はＭの唇でも、胸でもなかった。制服の下から見えるその腕に一度だけ触れてみたいとどれほど熱望したか。僕の手が彼女の腕に触れる想像をするだけで、僕の顔は赤くなり息苦しかった。その腕が僕の手の近くにある。手の甲からひじまでいくつかのほくろが見える。昔からあったのに僕が気づかなかったのかもしれない。車窓から蝶々のようにひらひらと流れ込んだ日差しがＭの腕にとまる。ほくろは蝶々の目のように揺れながら踊る。このように彼女に対するすべてのものは最初から幻と実体が入り混ざっていた。人の肌でなく天使のそれのように白く自ずと輝きを放っていた記憶の中の腕は、もはや僕の呼吸を乱したりはしない。ただしひりひりして鈍い寂しさがゆっくりみぞおちに溜まってくる。
　校内の文学サークルで熱心に活動したのは高一の二学期の数ヶ月に過ぎなかった。二年になるとすでに入試の重圧感のため親睦会のように学期中に二回ほど会うのがすべてだった。Mは僕が自分のことが好きなのを知っていたのだろう。ある切実さは必ず言語にしなくても伝わるものだと信じている。Mも僕に好感を持っていることは感じることができた。それ以上近づくことができなかったのは僕のせいだ。Mの前に立つと、声が出ないだろうという恐怖があった。それはコップを持てば落とすかもしれないという恐怖よりはるかに大きく途方に暮れたものだった。多数の前で話す時は何ともないのに、Mの前に立つと声が出てこないという強迫だった。話す前に露わになった腕を目にする瞬間、僕の呼吸は乱れてしまった。三年の時、メンバーでもないPがMと一緒にサークルルームに入ってきた時、僕は不安と怒りとあきらめを同時に覚えた。Pと並んで入るMの表情から僕は恋、という抽象を描いた絵文字を読んでいた。

Pがアメリカへ発った時、Mも一緒だった。遅れて映画学校に入った僕がニューヨークに行ったのがその一年後だ。東部と西部に離れてはいたが、撮影旅行のため近くまで行っても一度もPを訪れなかったのはMのためだったろう。Mがあの時の僕の気持ちを知らないはずはない。オスロ市内に入るまでの沈黙がよほど居心地悪かったのか、市街地が見えるとMは明るく尋ねた。

「どこから行く？　民俗博物館？　バイキング船博物館もなかなかいいけど」

「ムンクでも観に行こうか」
初めてではないようで、Mはすぐにハンドルを切る。傾斜した広い芝生の上に建つ美術館はミニマルな外形が印象的だ。Mがチケットを購入している間、僕は美術館の建設に日本企業の支援があったと記されたガラスの壁の前で待った。人でにぎわっているのを久しぶりに見る。
プリントでよく見た〈思春期〉の前に数人が立っていた。見知らぬ人々の視線の前で青白く痩せた少女の目が不安げに揺れる。裸の少女は両腕を前に垂らし体を覆おうとしている。すでに肉体から芽生えた官能の気運を隠すには腕があまりに細い。くっつけた膝を広げれば、生臭い初の経血を流して泣き出しそうな少女。Mが横でつぶやく。
「わたしは、これがムンクの自画像だと思う」
「そう?」
「生涯を神経衰弱と死に対する強迫に苦しんだムンクの表情がああではなかっただろうかって」
教科書にあった絵画を実際に見るのはいつも妙な気分だ。〈モナリザ〉や〈落穂拾い〉の前に立つと、それらの絵が実はさほど大きくないということ、プリントではない原画があたえる驚きと感動が期待のほど大きくないこと、満たされた欲望があたえる満腹感の前でひりっとした虚無のようなものを同時に感じさせる。瞬間的に浮かんだその短い認識の終わりに、Ｐの顔が浮かび上がるのはなぜだろう。

「プリントと原画の差は何だろう。値段のようなものではなく」

本当に知りたくて尋ねたわけではない。そもそも僕は絵に対する造詣も、格別な愛情もない人間だ。目をパチパチしながらすぐに答えられずにいるＭの表情で、僕は再び制服の下に七センチほど顕れていた彼女の腕を思い出す。

「心の重なりのように上塗りした絵具が伝えるレリーフのようなものは、よくできたプリントだとしても生かすことができないのではないかしら。プリントには、影がないわ」

「そうか。ところで、なぜ〈叫び〉はないんだ？」

僕は室内を見回してその絵を探した。

「叫びは、多い」

叫びは、多い。なぜかその言葉は悲壮に聞こえる。叫びが多いなんて。

最後の部屋に入り、叫びは多い、と言ったMの言葉の意味が分かった。観客のためのベンチ一つない真っ白な部屋の中にあるのは、すべてが〈叫び〉だった。記憶の中のあの表情、最初は性別の分からないひとりのゆがんだ顔が見える。死の顔と正面からぶつかったように恐怖におびえた目、永遠に閉じられそうにない丸い口。血の色の空は色彩ではなく悲鳴の音波のように渦巻いていて、背面の男二人は何も聞こえないようにゆうゆうと歩いている。よく見れば青黒い水色の間に小さな舟と教会が浮かんでいる。

大きな教室ほどのその部屋はすべて〈叫び〉のシリーズで埋め尽くされていた。単色または彩色の版画、色彩のトーンが少しずつ違う絵画作品、鉛筆スケッチ、大きな〈叫び〉、小さな〈叫び〉、未完成の〈叫び〉、無彩色の〈叫び〉、赤い〈叫び〉、黒い〈叫び〉、ぼやけた、手の平ほどの、鼓膜が破れるような、〈叫び〉。……一瞬、僕も絵の中のあの人のように口を開けて耳をふさぎたかった。部屋は、あまりにも鋭くて人間の耳には聞こえない高音域の叫びでぎっしり埋まっているようだ。

「たまにここに来て時間を過ごすことがあるわ。……この男、ムンク。絵を見ると、若くして自殺でもしたかなと思うけど、八〇まで生きてたわ」

「裏切られた感じ?」
Mはかすかに笑う。
「慰めのようなもの。家族歴の肺結核に対する恐怖や、性格異常者だった父に対する恐れ、絶えなかった精神の病にもかかわらず、あんなに長生きしたなんて。苛酷な現実がむしろ彼を支えてくれたんだと思うと、慰めになるの」
Mは静かな声だった。何が言いたいのだろう。
「わたしの代わりに誰かが、あるいはわたしではない誰かも、聞こえない悲鳴をあげているんだ、という慰め」
M。きみにも慰めが必要なのか。人生において不可能を知らないきみの男、天国のようなウンジャクレボの家、グリーグの音楽のような風景の中の日常、若くしてすでに手に入れた富。さらに何が必要なんだ。
「どれが本当の〈叫び〉なんだ?」
僕の質問にMがハ、と声を出して笑う。僕も一緒に笑った。
「よく知られているのは完成した絵画作品だけど、ここに、偽物の〈叫び〉はないわ。わたしはこの鉛筆スケッチが好き。教科書にあったのは多分あの作品かな」

Mが、繊細な線だけで描かれたスケッチを一つ指さす。
丸く食い込んだ湾の端にある露店カフェに僕を座らせて、Mは蒸した海老と生ビール二杯を持ってきた。海老がとても冷たい。真昼の波は愛撫するように防波堤をなめて、一呼吸ためらってから引く。艶やかな翼のカモメが飛んできて海老を寄こせとせがむ。
「カモメがこんなに大きいとは知らなかった」
「近くで見るからね」
海老のしょっぱい水が手のささくれに染みてひりひりする。酒気が広がりながら、防波堤に停泊している漁船のように僕の心もゆらゆらと揺れる。僕はPに聞けなかったことをMに尋ねる。
「引っ張りダコだった外科医がなぜ急に免疫学に変えたんだ?」
「そうね」
Mは海を眺めながらそっと唇をかむ。そして首を横にふる。
「わたしにもよく分からないわ。ただ、自分のすべてをかけたい何かが必要だったたみたい。時には歩きたいのに、いつも飛び回るしかなかった、と言うか」
それがPだった。それで彼は、すべてが可能な人生が退屈だったというのか。中国の王様の前で歌う歌手になりたかったアンデルセンの夢は、叶わなかった方がよかったというのか。Mは相変わらず言葉を選んでいる。
「今やっている研究はどうなんだ？」
やむを得ないようにMが答える。
「他の人には不可能に思えるってことを知って選んだプロジェクトではないかな」
PはMに研究に関する話はしないようにと言った。しかしMの返事は、彼女が全く知らないわけではないと感じさせる。
「研究所は、オスロにあるの？」
返事の代わりにMはカバンを持って立ち上がる。
「試写会に遅れるわ」

試写会が終わって出てきた時、街はかなり騒がしかった。昼間に立ち寄った美術館で盗難事件があったという。〈叫び〉と〈マドンナ〉の二点が持ち去られたが、白昼の美術館でピストルを持った泥棒はあっという間に絵を外して、まさに叫ぶ観客の間をゆうゆうと消えたそうだ。あまりにも有名で売ることもできない絵をなぜ持っていったのだろう。欲望と愚かさがなければ、世の中はクライマックスのない白黒の無声映画のようだろう。

夕方が過ぎたが、ここではまったく時間の見当がつかない。フリーウェイに入るとMは追われている人のように車を走らせる。アクセルを最後まで踏む時はエンジンから鋭い金属の音がした。僕は穴の空いた底を足でとんとんと鳴らして言った。

「これはまた、何の趣味だ？　貧しさに対する郷愁？」

「貧さに郷愁を持つ人などいるかしら。いつ終わるか分からない研究にすべてを注ぎ込んでからは、一銭も入ってこないのに」

Mの声が鋭いエンジンの音に混ざる。

「わたしたち、この頃生存モードなの。いつ残高が底をつくか分からない」

Mの突然の話に僕は何を言えばいいのか分からず底に空いた穴を見下ろしていた。Mはとてもゆっくり長い息を吐き出す。感情的に吐き出してしまった言葉をすでに後悔しているようだ。

「巨大科学はもともとそんなものだからね。忍耐と研究費との戦いというか。そのうち、びっくりする結果が出るだろう。あいつなら、何か作り出すと思うよ」
家に着くまでＭも僕もそれ以上口をきかなかった。
Ｐが帰っているのか、窓から明かりがあふれている。
荒涼たる美しさの極みに見えた庭は一日で輝きを失った。庭を囲んでいる灌木（かんぼく）に、数年間手入れしていない枯れた蔓が何重にもからまっているのを僕は辛い気持ちで見つめる。その辛さはＰでなくＭのためだ。車から降りる前、ＭはＰには何も言わないでほしいと頼んだが、言われなくても僕が口出しする理由もなかった。車のドアを開けると、腕にざっと鳥肌がたつ。
家に入ると、炊飯器から湯気がのぼっていて辛いマグロチゲの匂いがする。
ご飯を炊いてくれたのね、というＭの声が明るい。その明るい声は、あなたは異邦人であり、しばらく留まって帰るだけ、この領域に触れないでほしいという僕に対する警告のように聞こえる。
何はともあれ、不幸を演じるより平和を演じるほうがたやすい。演じる人も見る人も。

ペチカの火がパチパチと踊るように揺れる。もう、と思ったが、火がなかったら寒かっただろう。赤く、ゆらめく火はその色だけでも心を温めてくれる。テレビを観ながら一人でビールでも飲んでいたのか、室内にアルコールの匂いが漂っている。Mが食卓を用意する間、Pがもう一本酒を持ってくる。MがPを見て首を横にふる。Pは堂々としている。

「遠くから友人が来てくれたんだ、酒がなければならないだろう」

食事の間、Mと僕のグラスの酒はそのままだが、Pは一人で残りを全部飲んでしまった。そしてまた、外に出てビールとウイスキーのボトルを持ってくる。

「見ている人がいるところで爆弾酒の製造でもやってみるか。試写会はどうだった?」

「よかったわ。観客も多く、関係者の反応もよく」

Mが代わりに答えたがPは聞いてないようにまた尋ねる。

「オスロはどうだった?」

僕はPが作った爆弾酒を一息に飲んでしまう。とにかくそうした。僕が飲んでなくす他は方法がないように見えた。それでもPのスピードにはついていけない。Mを苦しめるＰが僕は嫌いだ。
「名前ほど美しい都市ではなかったな」
「ムンク美術館には行ったか？　そこの絵が二点なくなったんだろう？」
ニュースを見て知ったのだろう。
「一つ秘密を教えてやろうか」
Ｐの顔はかなり真剣だ。
「おれが盗んだ。違うと思う？　おれが盗んだってば。妻はその美術館に行ってくると、三日間は憂鬱になってしまうんだ。おれの美しい妻が、翼のない天使のようなあの女がだよ。それでおれが盗んだんだ。とても簡単だったよ。針金を切って持ち出すだけだったんだから。見せてやることもできるさ」
彼女の憂鬱の原因が絵だと思うのかと聞き返すには、Ｐがあまりにも酔っている。それで言ってやった。
「そうか、一度見てみようか」
言うべきでなかった。
Ｐは口を長く丸く開けて目をむくと両手で耳をふさぐ。ああ、と叫ぶように首を長く伸ばして。開いた口を見ていると僕の耳にだけ聞こえない叫びが室内を埋め尽くしているようだ。Mは見てないふりをし皿洗いをしている。魅惑的な人形劇の舞台裏を偶然見てしまった幼い少年のように、僕は涙があふれ出そうだ。

「〈マドンナ〉は、だからおれの妻が、マドンナだ。脱いだら全く同じだ。絶頂に達すると決まってあんな表情を見せるんだ」

Pはソファに体を横たわらせ目を閉じて笑いだす。流し台の前に立ったMが水を流したまま うつむく。いつのまにか火が弱くなっているペチカの炎を指さしてPがつぶやく。

「ここは八月も終わらないうちに寒くなる。マドンナ、薪をいくつか入れてくれないか？　まもなくスリー・ドッグ・ナイトがやってくるんだ。北極のあるところでは寒さが厳しくなると犬を抱いて寝る。少し寒くなると一匹、もっと寒くなると二匹、さらに寒くなると三匹……それより寒い日は客に妻を差し出すんだ。お前が来てくれたが、おれには差し出すものがない。妻しか。全く同じだ。イクと同じ表情を見せるってば。お前にやれるのは、マドンナしかない」

僕は椅子から立ち上がり、Pのほおを殴った。痛みを感じないように戸惑った表情で見つめるPの胸をもう一度殴った。やめて。Mが泣き出しそうな低い悲鳴をあげなかったら、血を見るまでこぶしを振り回したかもしれない。

川の向こうから絶えず疾走し僕を誘惑していたお前の背中。その後ろ姿を見つめながら休暇を返上することができたし、体を一度も海水につけることなく青春を送り、ヤカンいっぱいにコーヒーを作って夜を明かすことができたというのに。卑屈と侮蔑をビタミン剤のように喜んで飲み込んだのに。僕の過ぎた人生はお前の人生の影だったかもしれない。僕はお前に追いつき、お前と重なり、一度だけでもお前を踏みこしてみたかった。すべてを失ったのはPでなく僕かのように、一瞬で僕が成しとげたすべてを無意味なものにしてしまったかのように、踏みつぶされた砂の家のように、僕はどさっと椅子に座り込んだ。本当だってば、とつぶやく彼の声は天真爛漫だ。ソファで斜めに横たわり口を丸く開け耳に手を当て、とめどなくしゃべり続ける。

「マドンナなんだ。閉じた目を開けると、目の色が黄色くなる。あの女、おれには天使なんだ。天使とはセックスできないじゃないか」

残ったウイスキーを一気に飲んでPはソファに横たわっている。そして僕を見つめてそっと笑みを浮かべた。目じりに細いしわが寄って細胞一つ一つが笑っているよう

顔を見たことはなかったような気がする。なあの笑み。一緒に過ごした歳月は短くなかったけれど、こんなに幸福に満ちたPの

荷物をまとめていると、階段を上がってくるMの足音が聞こえる。電話で頼んだタクシーは五〇分後に到着するそうだ。朝起きたPが何も覚えていないとしても、僕は二度と彼の顔を見たくない。Mがノックもなしにドアを開けて入ってきた。Mの顔をまっすぐ見つめることはできず、窓の外に視線を送る。

「ごめんなさい。あの人、いつからか飲み始めたの。彼の人生の頂点で。なぜ飲み始めたのかは彼にも、わたしにも分からないわ。……そうしているうちにお酒を飲んで手術室に入ったりしたの。運転もできない状態で執刀をしたわけ。それでも医療事故を起こしたことは一度もなかった。とはいっても許されるものではないわ。初めは病院でも我慢してくれたの。患者たちが彼を求めるから。ついには首にする代わりに病理学の方へ送られた。飲み続けながらも彼は優れた論文を書いたの。時かまわず手が震えだすと、助手が紙コップにウイスキーを注いで差し出したりした。病院を首になる前に、自分から辞表を出した。フランソワ・ジャコブ博士チームの免疫学研究所に

行くといった時は本当だと思ったの。ここに来て、はじめて嘘だと分かったわ。一人でもできると言って、研究成果が現れればみんなが自分を訪ねてくると大きなことを言った。私設研究所を作ったけれど、個人がやるにはシステムの設置やら運営まで費用が莫大だった。実力のある研究員も何人か合流したの、初めはね。そのうち一人また一人辞めていったわ。資金も問題だったけれど、研究成果に対する懐疑がより大きな理由だったんだと思う。持っているものを全部注ぎ込んだの。予期された墜落の道をたどっているように見えたけど、彼はずっと自信満々だった。……今は、あの人、何もしてないわ。わたしは奪って、彼は隠れて飲むのがこの頃のわたしたちのプロジェクトなの」

「アルコール依存症は明白な病気だ。なぜ治療をしない」

Mが首を横にふる。

「分かるでしょう。誰があの人をコントロールできる？　昨日、家に帰る前、あの人、お酒を買ってきたよね。夜、彼が寝ついた後、わたしは半狂乱になって家中を捜し回ったわ。どこに隠したのか見つけられなかった。彼は隠して、わたしは捜しだして捨てるのはアメリカにいた頃から始まった戦争なの。病院に勤めていた時は特別に注文したジャンパーを着て、ポケットの両側に携帯用のお酒のビンを入れて飲んだりもした。こっそりお酒を買ってきては庭のあちこちに埋めておいて、ストローをさして飲んだりもするの。わたしが決して捜しだせないところに。犬のように地面にうつ伏せになって、顔を地面に埋めて酒を吸っているのをカーテン越しに見ていると、わたしが、本当に、どうかなってしまいそうなの。あれは浮気が絶えなかったり、他の女を愛することより、もっと悪い。もう申し訳ないという気持ちも、罪悪感もないの」

　並んで立ち、僕はMが音もなく流す涙を読む。

「本当に耐えられない時は、車を走らせて〈叫び〉の部屋に行くの。こんなところで、誰の前で泣くことができる？　帰りの車の中ではいつも泣いていた。声を出してわあわあ泣きながら、赤信号の前ではブレーキを踏んで、あごを伝って落ちた涙で太ももが暖かくなるけど、通行人はいないのか、左右を見渡しながら、そうして、それでもまた生きようと車を走らせあの道を戻って来るの」

　僕はMの腕に手をのせる。もはや僕の息を詰まらせることも、自ら輝きを放つこともない腕。自分の口から出た叫びが自分の耳に聞こえないように耳をふさがなければならない腕。暗くならない夜は時間が流れない空間のように現実感がない。たったの二日間で、僕はすでに闇が恋しい。ついに空は赤黒くなることも渦巻くこともなく、化粧気のないスカンジナビアの娘の顔色のように白みがかっているだけだ。

「Pは、何が問題だと言うんだ？」

Mは顔を横にふる。そうだ、ああでこうだから今日から酒を飲む、と宣言する人なら中毒にはならなかっただろう。Mの声は水の中から聞こえるように濡れている。

「夜がどんなに美しいのか分からないよね。白夜が続く間は、雨戸なしでは寝られないの。夜がなければ、寝ないで働ければ立派な人間になっていそうだけど、そうはいかないの。彼には、自分の人生が果てしない白い夜のように感じられたみたい。記憶と欲望というのは、神の領域だってことをよく知っているから選んだんでしょう。あの人は、影を見つけたいのだと思う」

ヘッドライトをつけたタクシーが小麦畑の間を走ってくる。どうしても行くならオスロまで見送るとMは何度も言うが、一切れの悲しみも表さないよう努めるMの声にこれ以上耐える自信がない。

「ごめんなさい。三日くらいなら隠し通せると思ったけど」

車のドアを閉める前、Mは最後の言葉を言ってかすかに笑う。真昼に道に迷った人のように彼女の黒い瞳がはるかに遠い。

もう二度と、Mに会えないことを僕は知っている。ホテル・オスロプラザ。短く行き先を告げて、後部席に体をしずめる。僕はふり向かない。荒涼とした庭でぼやけた白夜の中に溶けこんでしまいそうに立っているMの姿を見れば、僕は何をするか分からない。Mの果てしない瞳の中の黄色くて小さな月を覗いてみたい、マドンナを求めてMの服を脱がせたい僕の欲望をまぶたの中に閉じ込めて、僕はふり向かない。

車は消えた夜を探して走るかのように、道の消失点に向かって進む。

＊

明け方に寝ついて一一時頃に目を覚ました。レストランに降りてブランチを食べた。午後、オスロ大学での講演が最後の仕事だ。英語の講演原稿は事前に準備してきたので読むだけでいい。原稿は多分、一〇〇回は読んだだろう。原稿を読みあげる際、毎回僕の前に座っている仮想の聴衆はただ一人、Pだった。なので今日、僕は誰もいない空っぽの講堂で原稿を読みあげることになる。質疑応答には通訳が入ることになっているので仕事への負担はなかった。

ホテルからタクシーに乗ってムンク美術館に行った。ドライバーは、昨日そこで盗難事件があって主要作品二点が見られないと言う。それでもいいのか、という質問のようだ。その空白を見に行くとは言わなかった。ものものしい警備を予想したが、思いのほか美術館の周辺はたいして変わらなかった。館内は歩くのが難しいほど込み合っている。多くの観客は、絵画がなくなりポリスラインが張られた、がらんとした壁を眺めていた。僕も彼らの中に立って空っぽの空間を長く眺めた。がらんとした壁は錆びついた青銅鏡のように自分の前に立っている無数の顔を音もなく飲み込んでいた。

講演会の学生たちの態度と質問は真剣だった。彼らは熱く僕は冷たかった。質問に答えながら、僕はますます耐えがたい気持ちになった。……骨がありありと見える、やせこけた骨格だけの映画だ。ありきたりで親切な。魅惑は骨でなく肉から来るものだ。X線にはとらえられない肉、のことだ。誰も分析できないフィルムを作ってみろ。

説明しようとすると、輝きは消える。おれはエミール・クストリッツァより一枚上だけど、お前たちは分かってくれないんだな、おれが作ったのは『羊たちの沈黙』なのにこいつらは理解できない、そんな誤解もするな。酒に酔ってぺらぺらしゃべっていたPの言葉が、センダングサの種子のように僕のフィルムにべたべたとひっついていた。

すべての日程が終わると一週間の緊張と疲労がどっと押し寄せてきた。ホテルに戻る頃には舌苔(ぜったい)ができて頭痛がはじまった。休みたかった。荷物をまとめてバーで一杯飲もうかと思ったが、メラトニン一錠を飲んでベッドで横になった。疲れたが眠気はなかった。薬効は一時間後に現れる。

夢のない睡眠を切って電話のベルが鳴る。受話器をとると、端正な英語で誰かが僕の名前を確認する。聞き覚えのない声が発する僕の名前は短い、三回の悲鳴のように聞こえる。下のバーからだった。バーの閉店時間だが、あなたの友人があなたを捜している、彼はお金を持ってきておらず、あなたがチェックしてくれると言っていると伝え、同じくPの名前を短い、三回の悲鳴のようにきちんと発音する。

「そんな人知りません」

彼は再び、その人もあなたのような韓国人で、酒をたくさん飲んで酔っていると繰り返す。

「僕は、そのような人を知りません。もう起こさないでください」

僕の声は、ゆっくりで冷たい。朝が来る前に彼を三度も否認するのは嫌で、電話を切ってから受話器を外しておく。オスロでの三日間を僕は自分の人生から消すことにする。

オスロには来るのでなかった。Ｐは、僕の中の火花だった。彼が消えれば、僕も火花の影のように消え去ってしまうことを僕は知っている。Ｐのことを知らないと言ったのは、Ｐを失わないためだ。

睡眠は宇宙の外へ逃げてしまった。起き上がり木の雨戸を開ける。木々は精霊のように影がない。夜はついに暗くならない。僕もあの透明な夜が恐ろしい。白い夜よ、ひらけ。悲しみでもないものが、悔恨でもないものが、水になって僕の目から押し出される。夜はようやく波打つように歪曲され、丸く渦巻く。夜の白い帳（とばり）が縦に割れ、その間から赤黒くどろどろした塊がぐにゃぐにゃと押し出される。僕は自分の声が聞こえないように両手で耳をふさいで一人つぶやく。

僕は長い間Ｐに会えずにいる、と。

訳者解説

チョン・ミギョンのプロフィールには、二つのデビュー年が書いてある。一九八七年『中央日報』の新春文芸戯曲部門での当選と、二〇〇一年『世界の文学』の小説部門での当選である。戯曲の舞台上演のためには多くの人との共同作業が必要だが、社会性のない自分にはそれが難しかったと、のちに著者は告白している。次男が生まれたのを機に育児中心の日々を送るも創作を断念できず、学生時代から書いていた小説で再デビューする。四一歳の時だ。

以来、金や権力、セックスなど、資本主義社会における物質的で具体的な欲望に焦点をあて、使用価値よりは交換価値、交換価値よりは記号価値が優先される虚偽と、抑圧的なシステムの前で敗北するしかない現代人の肖像をテーマに描いてきた。

作風は安定した構造と繊細な筆致を特徴とし、作品の素材や背景への緻密な取材にも定評がある。長編『バラ色の人生』（二〇〇二年「今日の作家賞」受賞）での広告業界や、『不思議な悲しみのワンダーランド』（二〇〇五年）の株取引に関する描写は大変詳しく、選考委員はそれらの職業に従事した経験のある作家だと思ったという逸話があるほどだ。

本作「夜よ、ひらけ」は、著者のもう一つのテーマである人間の歪んだ欲望と不安、突然迫ってくる人生の破局を描いた代表作の一つである。成功した映画監督の「僕」が、およそ一〇年ぶりにノルウェーに住んでいる旧友Pを訪ねて行く三日間を描いた、異国情緒溢れる作品だ。人生の失敗を知らないPは闇を知らない白夜のような存在で、そんなPに対する「僕」の感情は、天才モーツァルトに対する劣等感に苦しんだサリエリを思わせる。

小説技法の完成度にこだわってきた著者は、本作で「天才の没落を見つめる話者の視線を通じて、人間存在の虚無と寂しく荒涼とした内面を描き出すのに成功した」と評価され、二〇〇六年に李箱文学賞を受賞した。光と闇という人生や世界の両面性と不完全さ、存在に対する根本的な疑問を投げかけることで、作品の深みをも獲得している。
三人の登場人物の一人であるＰの妻Ｍ。理由が分からない夫の変化に苦しむ彼女は耐えられなくなると、ムンクの「叫び」を観に美術館へと走る。人に打ち明けることさえできない苦みを抱えて悲鳴をあげそうになる時、絵画や音楽、文学に救われる瞬間がある。人生や世界を眺める異なる視線は心をなだめ、カタルシスを与える。芸術家の栄光と傷を描いた多くの作品からは、こうした彼女の芸術観をうかがい知ることができる。
ＭがＰのもとを離れずにいることを理解するのは難しい。それは誰かを愛することを論理的に説明し、分析できないからだろうか。人生と同じく、愛にも生老病死があるべき、と著者はあるインタビューで述べていた。この作品が暗いだけの印象を与えないのは、たとえ形は違っていても愛の物語だからだ。
「夜よ、ひらけ」は、ネリー・ザックス（Nelly Sachs、一八九一～一九七〇）の同名の詩（Teile dich Nacht）に尹伊桑（ユンイサン）（一九一七～一九九五）がつけた曲を聴き、まずはタイトルを決めておいたそうだ。ザックスはナチスの迫害を逃れてスウェーデンに亡命したユダヤ人で、ドイツを代表する詩人の一人である。尹伊桑は当時の西ドイツで活躍中、朴正熙（パクチョンヒ）政権によってスパイ容疑をかけられ死刑を宣告された（一九六七年の「東ベルリン事件」）。西ドイツをはじめ世界各国からの抗議により釈放されたものの、西ドイツにもどった後は、死ぬまで韓国の地を踏むことはなかった世界的作曲家である。不安感に満ちた陰鬱な詩に、ソプラノのつんざくような歌声の奇異で重い彼の曲と、ムンクの「叫び」が小説の空間に再現された。

二〇一七年一月、著者のあまりにも突然の死が報じられた。末期癌の発覚から一ヶ月、入院三日目の急性肺炎だったそうだ。五六歳の若さだった。

一周忌を迎えた二〇一八年、彼女の仕事部屋で夫が見つけた遺稿をまとめた長編『あなたの遠い島』と、五つの短編と三つの追悼エッセイからなる『明け方までかすかに』が出版された。この夫婦の出会いは、学生時代に雑誌に掲載されたチョン・ミギョンの小説を読んだ彼からの手紙がきっかけだった。大学在学中に『東亜日報』の新春文芸などに二回も当選した文学青年だった彼は、画家になってからは妻の作品の「最初の読者であり最後の批評家」をつとめたとか。二〇〇四年に発表した短編「私の血だらけの恋人」は、作家である夫を交通事故で亡くし、その未発表原稿を出版するかどうか悩む妻の物語だ。妻チョン・ミギョンの突然の死後に未発表原稿を見つけた夫の状況は、あまりにも小説的だ。

生前最後の発表作となった「明け方までかすかに」には、「とんでもない死も悪態のような強靭な悲しみの瞬間が過ぎれば、また日常に戻る。満ち潮と引き潮を受け入れるように」と、あらかじめ家族や読者に残したような言葉が記されている。作品が読まれる限り作家はいつまでも生き続けるという。それでも彼女の新しい作品に会えないのは残念でならない。初めて日本の読者に届けるこの本を彼女が喜んでくれることを願う。

きむ　ふな

著者

チョン・ミギョン（鄭美景）

1960年、慶尚南道馬山市生まれ。
1987年『中央日報』新春文芸戯曲部門に当選。
2001年『世界の文学』に短編を発表して本格的な創作活動を開始した。
代表作に「バラ色の人生」（2002年「今日の作家賞」受賞作）、
「不思議な悲しみのワンダーランド」などがあり、
長編・短編ともに高い評価を得た作家である。
本作「夜よ、ひらけ」で2006年の李箱文学賞を受賞した。
2017年没、享年56。

訳者

きむ ふな

韓国生まれ。韓国の誠信女子大学、同大学院を卒業し、
専修大学日本文学科で博士号を取得。
日韓の文学作品の紹介と翻訳に携わっている。翻訳書に
ハン・ガン『菜食主義者』、キム・エラン『どきどき僕の人生』、
キム・ヨンス『ワンダーボーイ』、
ピョン・ヘヨン『アオイガーデン』（以上クオン）、
孔枝泳『愛のあとにくるもの』（幻冬舎）、津島佑子・申京淑
『山のある家 井戸のある家——東京ソウル往復書簡』（集英社）など、
著書に『在日朝鮮人女性文学論』（作品社）がある。
韓国語訳書の津島佑子『笑いオオカミ』にて板雨翻訳賞を受賞。

韓国文学ショートショート
きむ ふなセレクション 1
夜よ、ひらけ

2018年10月25日 初版第1版発行

〔著者〕チョン・ミギョン(鄭美景)
〔訳者〕きむ ふな
〔ブックデザイン〕鈴木千佳子
〔DTP〕山口良二
〔印刷〕大日本印刷株式会社

〔発行人〕 永田金司 金承福
〔発行所〕 株式会社クオン
〒101-0051 東京都千代田区神田神保町1-7-3 三光堂ビル3階
電話 03-5244-5426 FAX 03-5244-5428 URL http://www.cuon.jp/

ISBN 978-4-904855-76-8 C0097
万一、落丁乱丁のある場合はお取替えいたします。小社までご連絡ください。

This book is published under the support of
Literature Translation Institute of Korea (LTI Korea).

밤이여, 나뉘어라

정미경

*

부우우우.

뱃고동 소리는 미세한 입자로 흩어지며 아침안개와 섞인다. 습기를 머금어 비릿해진 그 소리가 살갗으로 스며든다. 들숨을 쉴 때마다 속이 울렁거린다.

바다 위의 호텔 같은 거대한 여객선이 천천히 선회하자, 선창 밖으로 예테보리 해안의 풍경이 파노라마 사진처럼 길게 펼쳐진다. 어젯밤 떠나온, 북독일의 키일로 되돌아온 게 아닌가 싶을 만큼 두 항구의 모습은 닮았다. 거대한 화물선과 대륙간 여객선, 파도에 흔들리는 작은 어선들, 무채색의 하역창고들부터 대기의 빛깔까지도.

다른 여행객들과 달리 내 짐은 단출했다. 이른 아침의 텅 비어 있던 선착장이, 배에서 쏟아져나온 사람들로 차츰 번잡해진다. 밤사이 해협 하나를 건넜을 뿐인데 기온은 느낄 수 있을 만큼 낮아졌다. 어깨에 둘렀던 스웨터를 서둘러 껴입는다. 드러난

목이 선득한 게 뜨거운 차를 마시고 싶어진다.

객실 아래의 차량칸에서 꾸역꾸역 밀려나오는 차들과 사람들로 뒤엉킨 부두를 빠져나오면서 혹시나 싶어 이리저리 둘러보았다. 아직 P의 얼굴은 보이지 않는다. 부두 입구의 쇼핑몰에 있는 카페테리아에서 보자 했으니 그곳에 가서 기다리면 될 것이다. 쇼핑몰 입구는 열려 있는데 상점들은 아직 문을 열지 않았다. 긴 복도의 끝으로 주황색 불빛이 따스한 카페가 보인다. 막 문을 열었는지, 테라스로 연결된 문이 활짝 열려 있다. 긴 앞치마를 착용한 젊은 남자가 의자를 들고 나가 정리를 하느라 어수선하다. 따스한 불빛과 달리 의자는 차갑고 딱딱했다.

여행지의 기차역이나 항구 주위의 식당은, 예테보리나 상하이나 순천이나 다 비슷하다. 자기부상열차의 식당칸에 앉은 듯 지상에서 약간 떠 있는 느낌이랄까. 어딘가로 다시 출발하기 위해 불안정한 위장 속으로 무언가를 구겨넣어야 하는, 존재의 동물성이 슬프게 느껴지는 공간일 뿐 따스함도 아늑함도 없다. 어떤 메뉴도 포만감을 주지 못하며, 그러니 대충 배를 채우고 어서 떠나라고 등을 미는 기운만이 가득하다. 화장기 하나 없는 웨이트리스가 건네준 샌드위치는 뻣뻣하고 차갑다. 각성이 필요하지 않아도 커피를 들이켤 수밖에 없는 모래 같은 끼니다. 몸은, 여

전히 배 위에 실린 듯 느리게 흔들리는 감각을 털지 못한다.

먼 곳에서 지진이 일어난 듯 바닥이 울렁거리는 느낌의 진원지는 다름아닌 내 가슴속일 것이다.

P는 굳이 나오겠다고 했다.

바쁠 텐데, 라고 짐짓 말했지만 P가 나오는 건 당연하다고 생각한다. 나 역시 함부르크에서의 시사회 일정 끝에 굳이 오슬로를 연결한 것도 P가 아니었다면 잡지 않았을 스케줄이다. 사실을 말하자면, 함부르크까지 온 것부터가 P를 한번 만나고 싶다는 생각에서 시작된 여행이었다. 마지막으로 본 게, 벌써 구 년? 십 년?

그러니 내가 미친놈 소리 들어가며 전공을 버리고 영화판으로 뛰어든 것도 십 년이 가까워온다. 어려운 순간들이 많았지만, 불운했다고는 생각하지 않는다. 만든 영화가 다섯 편이 넘어가면서 평론가들은 내게 작가주의, 라는 이름을 붙여주었다. 언제부턴가 새 영화가 나올 때마다 매스컴에선 호의적이거나 악의적이거나 어쨌든 제법 큰 박스기사로 다루어주었다. 요즘은 영화제라도 참석하면 내 필모그래피를 줄줄 외우며 신이시여, 하는 눈빛으로 바라보는 팬을 만나는 일도 드물지 않다. 국내 관

객 수는 늘 어느 선을 넘지 못하지만 그건 내 능력의 문제라기 보다는 애초에 내 지향점이 아니었다고 생각할 만큼, 나는 조금은 오만해져 있었다.

유럽에서의 내 평판은 꽤 괜찮다. 남유럽에서 열리는 영화제에 처음 초청되었을 때, 잠들지 못하고 설레던 밤에도, 나는 P를 생각하고 있었다. 과장되긴 했지만 출발하기 전 어느 국내 신문은, 유럽 현지에서 엄청난 논쟁을 불러일으키고 있는 아무개 감독의 유럽 영화계 순방, 이라는 특집기사를 싣기도 했다. 함부르크의 시사회 초청장을 받는 순간, 이번 여행의 진짜 목적은 P를 만나는 것이라고 생각했다.

P를 향한 신의 특별한 은총을 지켜보는 일로, 내 청년기는 지나갔다. 모차르트와 살리에리? P와 난 그것과도 달랐다. 재능에도 불구하고 불우한 현실을 살아야 했던 모차르트와는 달리 P는 현세에서 이미 더할 나위 없는 영광을 누리고 있었다. 여행 가방을 쌀 때 나는 오직 P에게 보여주기 위해 모아놓은 기사 스크랩을 챙겼다.

커피를 리필하러 가자, 북구의 처녀는 갓 뽑아낸 커피를 가득 채워주며 당신, 배를 타고 왔군요, 명랑하게 웃는다. 블론드보다 더 밝은 머리칼. 음모도 저 색깔일까, 부질없는 생각이 스친다.

욕정과는 상관이 없다. 지금 내 마음속에서 자글거리는 초조함도 연거푸 마신 진한 커피 외엔 아무 까닭이 없다고 생각하고 싶다.

복도를 달려오는 P의 모습이 보였다. 나도 모르게 자리에서 벌떡 일어났다. 눈을 들여다보며 손을 먼저 잡고, 그리고 끌어안았다. 그도 나도, 오랜만이다, 따위의 말은 하지 않는다. 짐을 하나씩 나누어 들고 밖으로 나왔다. 8월의 햇살이 눈부시긴 해도 여전히 서늘하다. 차는? 하며 두리번거리자, 바로 앞에 세워진, 잘못 말린 바가지 엎어놓은 것 같은 시트로엥의 문을 연다.

"너, 여전하구나. 이건 뭐야. 최신 유행의 그라피티야?"

P는 예의 자신만만한 미소를 살짝 짓는다. 포르쉐를 사도 색깔별로 살 수 있는 녀석이, 군데군데 칠이 벗겨져 설치예술처럼 보이는 경차라니. 모든 걸 다 가져본 자의, 제겐 너무 쉬운 생에 대한 희롱일까. 그래도 좀 심하다. 조수석 바닥엔 동전도 빠질 만한 구멍이 몇 뚫려 도로가 다 보일 지경이다.

"시사회는 어땠어?"

어디서부터 얘기를 시작할까, 실마리를 찾고 있는데, P는 바로 어제의 일을 묻는다. 어쩌면 그게 당연한 순서일 것이다. 십 년의 세월을 더듬으려면, 이렇게 거꾸로 시작하는 게 빠르고 정확

하게 길을 찾는 최선의 방법일 것이다.

"음, 성황이었어. 변방에서 온 예술가를, 우리라면 제삼세계 작가를 이렇게 대접해줄까 생각이 들 만큼 진지하게 접근하더라."

"그 이상은 아니지. 오래 살수록 느끼게 되는데, 그뿐이야. 결코, 가슴으로 받아들이진 않는다는 거야."

"그럴까?"

"하긴, 영화감독도 괜찮은 직업이라고 봐. 영화를 만드는 동안은 자기가 신인 줄 착각할 수 있잖아."

이게 P지. P는 여전하다. 그의 몇 마디가, 함부르크에서의 며칠 동안 내가 빠져 있던 들뜬 기분에서 바로 깨어나게 한다. 내가 알고 싶은 건 P의 근황이다. 내 시야에서 멀어진 후 얼마만큼 달려와 있는 걸까.

"요즘도 바빠?"

"늘 그래."

P는 미간을 살짝 찌푸린다. 변함없는 삶의 성취가 조금은 지루한 듯.

시가지를 벗어나기 전 P는 차를 세우더니 잠시 기다리라 하고는 길가의 마켓으로 들어간다. 도심이라기엔 행인이 너무 없다. P마저 시야에서 사라지니 커다란 풍경화 속에 들어와 있는 기

분이다. 이 큰 도시 인구가 오십만이 안 된다니 길을 가다 사람을 만나면 거의 반가울 지경이기도 하겠다. 오래지 않아 P가 비닐쇼핑백 두 개를 들고 나와 차 트렁크에 싣는다. 부피에 비해 꽤 무거운지 비닐이 축 처져 터질 듯 아슬아슬해 보인다.

"여기까지가 스웨덴이야."

국경의 흔적만 남은 초소를 지나자 노르웨이였다. P의 집은 북쪽으로 한 시간 반쯤 가야 한단다. LA에서 잘나가던 외과의였던 P가 왜 이곳으로 옮겨왔는지, 그리고 왜 현장을 그만두고 연구의로 들어앉았는지, 지난번 통화에서 P는 얘기하지 않았다.

"요즘 넌 뭐 하니?"

"나? ……면역학 쪽인데, 논문이 나오면 획기적인 게 될 거야."

P의 말투는, 이제 획기적인 성과도 지겹다는 듯, 심상하다.

"면역 쪽이면, 생화학에 가깝잖아. 넌 노가다 스타일 아니냐? 연구실은 갑갑할 텐데. 루푸스 치료나 새로운 바이러스?"

"그런 재미없는 거 말고. 들어볼래? 이건, 영혼의 면역에 관한 거야."

영혼의 면역이라. 둘이서 같은 대학 의대에서 공부했고, 지금도 가정의학과 정도는 볼 수 있는 나지만 영혼의 면역이란 얘기는 생소하다. 십 년 사이 의학의 영역은 또 그렇게 확장되었단

말인가, 아니면 정신과 영역을 얘기하는 걸까. P는 약간 뜸을 들이며 컵홀더에 꽂힌 볼빅을 집어 한 모금 마시는데, 휘발성의 향이 살짝 코끝을 스친다. 병 속의 물은 노르께한 색깔을 띠고 있다.

"기억에 대한 면역이라고나 할까. 예컨대 면역이란 게 뭐니. 한번 앓은 질병에 대한 육체의 기억이라고 얘기할 수 있잖아. 홍역이나 수두를 한번 앓으면 평생 다시는 앓지 않는 것처럼, 약물로 뇌의 특정 부분에 있는 기억 메커니즘을 해제할 수 있느냐에 대한 연구야."

"이론은 알겠는데, 그게 현실적으로 가능할까? 그 특정한 기억이 뭔데?"

"사랑, 이야."

나는, 농담이냐고 묻고 싶은 걸 참는다. 하긴, 내가 의학 공부를 할 무렵에, 줄기세포로 새 장기를 만들어낼 수 있다는 얘기를 누가 했다면 정신나간 사람 취급을 받았을 것이다.

"가능할까?"

"모든 건 상상력의 문제지. 나라면, 가능하다고 봐."

P는, 만나자마자 나를 빨아들이기 시작한다. 듣고 있는 사이, 그라면 가능할 수도 있다는 생각이 든다. 상상력에 관한 한 P를

대적할 인간은 없을 것이니. 오래 전, 상상력 따위는 손톱만큼도 허용될 것 같지 않은 외과수술실에서조차 늘 기발한 상상력을 발휘한 놈이니까. 개복수술 후 환자에게 위급한 불명열이라도 발생하면, 무수히 많은 처치방법 중 두세 개를 조합해서 시술하는 그의 감각은 거의 환상적이었다. 급박한 순간일수록 P는 냉정해졌고 칼끝 같은 그 긴장의 순간을 매번 즐기는 것처럼 보였다. 외과수술시의 그의 바느질은 도무지 흠잡을 데 없는 수준을 지나, 환자가 원한다면 오장육부 어느 곳에라도 데이지꽃이나 장미꽃을 수놓아줄 수 있을 정도였다. 수술실에서 노교수들이 뒷마무리를 맡기는 유일한 레지던트였다. 진정한 아름다움은 내면에서 나오는 것이라며 위장 성형은 왜 안 하는지 모르겠다는 P에게, 당시 상영하던 영화에서 따온 별명을 붙여준 건 나였다. 코리안 퀼트, 라고.

"거칠게 요약하면, 이렇게 말할 수 있어. 큐피드의 화살도 갖지 못했던 사랑의 동시성과 동분량, 그리고 지속성. 뇌파에 작용한 약의 효능에 의해 오직 그 한 알의 약을 나누어 복용한 사람만을 사랑하게 하는 약. 원한다면 방사성 동위원소의 반감기만큼이나 오래 사랑할 수 있는 약. 사랑에서 비극의 원인이 뭐라고 생각하나? 결국 사랑의 비동시성이야. 한 사람은 아직 뜨

거운데 한 사람은 오래 전에 불에서 내려놓은 냄비처럼 싸늘한 거지. 아스피린과 페니실린, 그리고 비아그라가 인류가 만들어낸 삼대 신약으로 꼽히지만, 이 약은 그것들을 능가하는 폭풍을 일으킬 거야. 지난 세기부터 인간을 위로해왔던 비아그라나 보톡스 따위 해피드러그의 결정판이라고나 할까."

P의 프로필은, 진지하다.

"혈류량의 변화라는 육체적 메커니즘에만 작용했던 비아그라류의 약과는 차원이 다른 거지. 뇌의 특정 부위에 작용해서 몸과 정신을 동시에 조절할 수 있는 이 약은 과학과 영혼이 상호보완적으로 결합하는 획기적인 신약이 될 거라고 봐. 프로젝트 이름은, 러브피아야."

러브피아.

P, 답지 않다. 누가 들어도 러브와 유토피아라는 단어의 조잡한 합성에 불과한 그 단어는, 편의점에서 이름만 읽어도 내용물을 짐작할 수 있게 하는 콘돔 상표명처럼 들린다.

"용법은 매우 간단해. 두 가지 색으로 나뉜 타원형 알약을 쪼개 두 사람이 나눠 먹는 거야. 십 초면 물속에서 완전 분해되는 발포정 방식이지. 어떠한 부작용도, 습관성도 없어. 당뇨 혹은 고혈압은 물론이고 암 환자조차 현재 복용하고 있는 약과 충돌

없이 사용할 수 있어. 말기 암 환자들은 지상의 삶을 마감하기 전 마지막 하루하루를 벅찬 사랑의 광휘 속에서 마무리할 수 있게 될 거야. 모르핀보다 강력한 진통효과도 덤으로 얻을 수 있을 테고. 흡수기제는 알코올과 비슷해서 약효의 발생시간은 놀랍도록 짧아. 식도에서부터 흡수되기 시작하면서 효력이 발생하는데 특별히 예민한 체질은 발포과정에서 생기는 가스를 호흡하면서부터 효과를 느낄 수도 있어."

"이를테면?"

"상대방의 모든 게 사랑스러워지기 시작하지. 암사슴 같은 눈빛이야 말할 필요도 없지만 껌딱지 같은 가슴도 너무나 앙증맞아 보여서 볼 때마다 깨물어주지 않을 수가 없을 거야. 젖꼭지가 피로 물드는 게 몇 번이 될지 몰라. 발바닥에 있는 티눈 자국이 사랑스러워 늘 얼굴을 발바닥으로 한 번만 밟아달라고 애원하게 되겠지. 그녀에게 흰머리가 생긴다면 미술에 대해 아무것도 모르는 사람도 흑백 미니멀리즘의 미학을 느낄 수 있을 거야. 그녀의 땀을 핥으면서 왜 사람들이 달콤함이라는 단순함에 미혹되어 짠맛이 주는 심오한 미각적 황홀을 놓치는가 안타까워하겠지. 그녀의 명랑한 방귀 소리는 가장 아름다운 음악이 될 것이고 다섯 가지 영양소가 발효된 그 냄새는 인간이 먹어야

만 살 수 있는 존재라는 철학적 깨우침까지 덤으로 주게 될 거야."

"누가 그 약을 사먹을까?"

"열정적이고 억제할 수 없으며 영원히 계속될 것 같은 사랑, 네가 아니면 차라리 죽겠다는 헌신의 언약이 조금씩 희미해지다가 어느 순간 냉랭해지는, 반감기가 서로 다른 사랑 때문에 아파본 사람들은 이 약의 출현에 열광할 거야."

차는 북쪽을 향해 수직 방향으로 올라가는 것 같다. 기온이 조금씩 내려가며, 이끼류의 식물이 들판을 뒤덮고 있는 풍경으로 바뀌어간다. 공기는 투명하다 못해 유리로 만든 것처럼 단단해 보인다. P의 얘기는, 스치는 풍경만큼이나 낯설고 환상적이다.

"사랑의 상실이 질병이라고 생각하나?"

"글쎄, 의사들은 저희들이 고칠 수 있는 건 병이라 부르고 못 고치는 건 본성으로 분류해버리지. 이를테면 외로움이나 질투, 슬픔 같은 건 병이라고 부르질 않잖아. 수면제가 나오기 전엔 그냥 잠이 안 오는 것이었지 불면증은 아니었어. 프로작이 나오면서 우울함은 우울증이 되었잖아. 이 약이 완성되면 열정의 소멸은 질병이 될 거야."

긴 열변 끝에 목이 마른 듯 P는 볼빅을 집어서 몇 모금 마신다.

이 프로젝트는 어디까지 진행되어 있는 걸까. 쉬 믿을 수 있는 얘긴 아니지만 믿지 않을 수도 없는 건, P의 꿈이 하나도 남김없이 이루어지는 걸 가장 가까운 곳에서 지켜보아왔기 때문이다. 그의 인생에 불가능이란 없었다. 신의 특별한 은총을 받는 자는 주위 사람들로부터 똑같은 분량만큼의 질시를 받게 되어 있지만, P에겐 그를 향한 은총이 당연해 보이도록 하는 재능까지도 함께 있었다.

P와 처음 한 반이 된 건 고3 때지만, 그는 교내에서 이미 걸어 다니는 신화였다. 새로 배정받은 고3 교실에 들어서면서 P가 앉아 있는 걸 본 순간, 제일 처음 스친 건 내가 올해는 일등을 한 번도 할 수 없을 거라는 생각이었다. 쉬는 시간에 P가 참고서 따위를 들여다보고 있는 모습을 본 적이 한 번도 없었다. 그의 집안이 찢어지게 가난하다는 얘기도 있었지만, 그에겐 눈을 씻고 찾아도 빈한함의 한 조각도 보이지 않았다. 형편없이 구겨지고 낡은 티셔츠도 P가 걸치면 최신 유행의 빈티지룩으로 보였다. 수석 합격자들이, '학교 수업만 들었고 잠은 충분히' 운운하면 사람들은 거짓말이라 치부해버리지만, 나는 P를 보며 세상

엔 그런 사람도 있다는 걸 알게 되었다.

P의 옆모습을 훔쳐볼 때면 박탈감과 매혹을 동시에 느꼈다. 사타구니에 습진이 생기도록 책상에 앉아서 여름방학을 보냈지만, 이학기 첫 모의고사에서 나는 여전히 이등이었다. 같이 지망한 의대에 P는 수석으로 합격을 했고, 몇등인지는 모르지만 나도 합격을 했다. 내겐 과분한 결과였다. 어쩌면 한 번이라도 P를 이겨보려던 나의 눈물겨운 노력이 가져다준 열매였을 것이다.

대체로 우리 모교에 남으려면 가문과 재산과 실력과 천운을 동시에 겸비해야 한다는 전설이 있었지만, P가 대학병원에 남을 것을 의심하는 친구들은 없었다. 그런 P가 논문발표장에서 취한 태도에 대해서는 의견들이 분분했다. 발표를 앞두고는 지독한 긴장 때문에 식사도 제대로 못 하는 건 기본이고, 발표 후에 의도적으로 기를 죽이려는 기이한 질문이라도 몇 가지 받으면 한겨울에도 속옷까지 식은땀으로 흠뻑 적시는 게 발표장 분위기였다. 그런 심사장소에, P는, 칼라도 없는 티셔츠에 구깃구깃한 면바지를 입고 앞에 나갔다. 빈손이었다. 아무런 준비물도 없이 서 있는 그를 보자니 내 이마에 땀이 다 흘렀다. 누가 봐도 방약무인이었지만, 그의 논문발표는 간결했고 핵심을 정확하게

드러냈다. 무엇보다도 기존 이론들의 짜깁기가 아니라 탁월한 독창성을 드러낸 논문이었다. 내용은 제쳐두고라도 어쩌면 가장 아름다운 문장으로 씌어진 의학논문이었다는 데 이의를 제기할 사람은 없을 것이다. 그는 명백히 오만했고, 그 오만은 눈부셨다. 그 오만함이 끝내는 나를 비참하게 했다는 것도 나는 아직 기억한다.

들려오는 풍문에 의하면 그날의 평가점수는 교수에 따라 매우 기복이 심했다 한다. 심사위원 중 누군가 그의 지나친 오만방자함을 사유로 격렬한 반대를 했고, 그 자신의 반대를 관철시키기 위해 사표까지 첨부했다 한다. 친구들의 분석대로, 아카데미즘의 모독에 대한 분노였든, 그의 자리를 노렸던 누군가의 막판 메치기였든, 그는 심사를 통과하지 못했다. P는 미국으로 떠나버렸다. 그의 가장 가까운 곳에 같이 있었지만 그의 언행에서 끝내 후회도 원망도 읽을 수 없었다. 그가 없는 빈자리에서 나는 내게 질문을 했다. 의사로 사는 것이 네가 진정으로 원하는 길이었나. 이 일이 너를 행복하게 해줄 것이라고 생각하나.

내게 P는 라이벌이었을까. 그러지 못했다. 라이벌이란, 강을 사이에 두고 그 양안을 달리는 자, 에서 어원을 가져왔다 했던가. 서로의 모습을 곁눈질하며, 터질 듯한 심장과 경련을 일으키

는 다리를 질질 끌고라도 기어이 나를 달리게 하는 자. 그러나 나는 한 번도 P와 나란히 달려보지 못했다. P의 뒤에서 늘 숨이 찼다. 강 저쪽 아득한 앞에서나마 그의 모습이 완전히 사라지자 나는 바로 길을 잃었다. 그가 사라졌을 때의 좌절이 그가 있을 때의 좌절보다 크게 다가온 것은 예기치 못한 감정이었다. P는 내 인생의 내비게이션이었고 보이긴 하지만 거리를 좁힐 수 없는 무지개였다. 이즈음도 가끔 꿈을 꾼다. 안개 짙은 강변. 푸르스름한 안개 저편 강가에 차갑고도 단정한 프로필로 달려가는 한 청년의 모습이 보인다.

그는 결코 나를 돌아보지 않는다.

미국으로 가서도 P의 소문은 늘 실시간으로 한국으로 날아와 떠돌았다. 그가 서부 최고의 의대에 들어간 것도, 거기서 확고한 터를 잡은 것도, 태평양의 파도가 정원의 가장자리를 어루만지는 저택을 산 것도, 오래지 않아 외과 팀의 캡틴이 된 소식도, 우리들에겐 그리 놀랍지 않았다. 그라면, 그랬을 것이다. 그가 놀기엔 너무 작아 떠나버린 연못에서 나는 오글오글 헤엄치고 있었다. 그가 떠난 후로 그에 대한 의식의 부피는 머릿속에서 더 크고 더 생생하게 부풀어올랐다.

나는 그를 떠나보내지 못했다.

나는 의사의 길을 포기했다. 인체의 내부를 들여다보는 대신 영혼의 내부에 카메라를 들이대는 쪽을 선택했다. P야, 네가 바람 부는 강변을 달리겠다 하면 나는 길 없는 들판을 달려보겠다. 그렇게 멀리 있는 P와 나 사이에 보이지 않는 강은 계속 흘러왔다. 언젠가는, 그는 할 수 없었지만 내가 해낸 것을 그 앞에 내밀고 싶었다. 어느 날, P가 알 수 없는 이유로 미국생활을 정리하고 북구로 갔다는 얘기를 듣기 전까지는, 나는 P의 일거수일투족까지는 아니어도 그의 좌표를 늘 확인하고 있었다. 그 이후의 소식에 대해서는 알 수가 없었지만, 같은 시기에 공부했던 친구들을 가끔 만나면, 언젠가는 P가 놀라운 프로젝트를 들고 나와 세상을 놀라게 할 날이 있을 것이라는 데 이견이 없었다.

러브피아라. 너는 또 어디까지 달려와 있는가. 손을 뻗으면 얼굴을 만질 수 있는 곳에 앉아 있는 너는, 또 얼마만큼 앞으로, 저 먼 곳으로 날아가 있는가.

*

"거의 다 왔어."

북쪽으로 하염없이 올라가던 차는 이제 큰길을 벗어나 들판

사이로 들어간다. 마을 하나에 집 한 채가 있는 형국이다.

M은 어떻게 변했을까.

하긴 삼십대는 인간의 외형이 가장 느리게 변하는 시기 같다. 내면의 격렬한 변화에 비한다면. 오슬로를 행선지에 넣었을 때 나는 P와의 만남만을 생각하고 있었을까. 윤기 흐르는 암갈색 말 몇 마리가 한가로이 놀고 있는 목초지를 지나 경사진 길을 따라 올라가자 붉은 지붕의 집이 하나 나타났다. 조촐하고 아담한 게 농가주택처럼 보인다. 천장만 있는 주차장에 차를 세우고 밖으로 나오자 잘 익은 밀빛 털의 덩치 큰 개 한 마리가 줄레줄레 걸어와 짖지도 않고 P의 다리에 코를 부빈다.

오래도록 손질을 하지 않은 듯 뜰은 무척 황량하다. 지난해의 넝쿨식물 줄기가 노랗게 마른 채 뒤엉켜 있는 위로 새 넝쿨이 벋어 있다. 손톱만한 보랏빛 꽃들이 마디마디 피어올랐다. 마당가엔 잘린 통나무더미가 녹슨 듯 붉은빛을 흘리며 쌓여 있다. 전지를 하지 않아 함부로 벋친 나무들이 집에 그늘을 드리웠고 밟는 사람이 없어서인 듯 집까지 이어지는 좁은 길 외에는 샛노란 야생화가 지천이다. 숨을 들이쉴 때마다 공기가 흘러들어오는 길이 싸하게 느껴진다. 대기는 시리도록 투명하다. 가장자리에 몇 그루 서 있는 사과나무엔 조막만한 사과가 붉게 익어 크

리스마스 전구처럼 아기자기하게 달려 있다. 초현실주의 화풍의 그림 같은 풍경 앞에서 나는 잠시 말을 잃는다. 황량하면서 또 지독하게 아름다운 뜰이다.

내겐 그렇게 보인다.

어쩌면, 그가 가진 모든 것에 대해 나는 그렇게 받아들여왔다. 아름다운 것은 아름다운 대로, 추한 것은 추한 그대로, P의 아우라 아래서는 모든 것이 경외를 본질로 하는 오만한 존재감을 획득하곤 했다. 거친 칼맛마저 숭고한 고통의 재현처럼 보이는 목판의 이콘처럼.

가방을 들어내고 트렁크를 닫으며 P는 날 바라본다.

"와이프에겐 말하지 마."

"뭘?"

"아까 그 얘기. 이건, 다국적 제약사와 국경 없이 일하는 몇몇 연구진의 극비 프로젝트야. 길게 봐야 하는 연구이기도 하고."

"그렇겠지."

대답했지만, M이 그 내용을 들었다 한들 이런 곳에 살면서 누구에게 얘길 할 것인가. 황량한 뜰에 서서 그렇게 주고받고 있는데 문이 열리고 M의 얼굴이 나타난다. 언 몸을 갑자기 불 앞에 들이댄 듯 나는 좀 일렁인다.

“오랜만이에요.”

“정말, 오랜만이에요.”

오랜만에 만난 걸 누가 모른다고 이런 인사밖엔 할 수 없는 건지. 뜰에 선 채로 우리는, 서울에서 여기까지의 이동경로와, 지금 서울의 더위가 얼마나 지독한지와, 오슬로에서의 일정에 대해 얘기를 나누었다. 서울의 더러운 공기와 시도 때도 없는 교통체증에 대해 얘기할 때 M의 눈이 아련하게 가늘어지더니, 탄식하듯 내뱉는다. 난, 그 탁하고 걸쭉한 공기가 그리워, 한 번만 마셔봤으면 좋겠어. 우리는 오랜만에 들은 농담이라는 듯 하하, 과장되게 웃었다. M은 변하지 않았고, 그리고 많이 달라졌다. 변하지 않은 부분은 알겠는데 달라진 부분이 어딘지는 알 수가 없다. 말이 끊어지는 짧은 틈새로 절대적인 고요가 밀려든다.

실내는 매우 간결했다. 통나무 민박집처럼, 작은 부엌과 긴 원목식탁이 전부다. 식탁 위엔 식사 준비가 되어 있었다. 밥을 먹으러 그 먼 길을 달려온 것처럼 우리는 먼저 식탁에 앉았다. 된장찌개와 가지구이, 오이무침, 샐러드. 식탁은 간소하기 짝이 없다.

“야, 너 이런 데서 사는구나. 천국이 따로 없네.”

너무 조촐한 식탁에 내가 오히려 창밖을 내다보며 너스레를 떨었다. M이 밥을 푸는 사이 P는 바깥으로 나가더니 와인을 한 병 들고 들어온다. M이 그런 P를 쳐다보며 지나가듯 묻는다.

"낮술을?"

"먼 곳에서 친구가 왔는데…… 얘가 사온 거야."

나는 아니라고, 말하지 못한다. 참 그렇다. 빈손으로 오다니, 뭐에 정신이 팔렸는지.

어묵과 감자만 넣고 끓인 된장찌개는 맛있었다. 여긴, 한식 재료를 구하기가 너무 힘들어서, 하며 M은 내내 미안해한다. P는 밥은 먹는 둥 마는 둥 하며 와인만 마시고 있다. 밥을 먹고 나서 M이 방에 들어가며 P에게, 나 좀 봐요, 한다. P는 들어가며 방문을 닫는다. 내용을 알아들을 수 없는 M의 목소리가 조금 높고 빠르게 이어진다. P의 목소리는 들리지 않는다. 무슨 일일까. 꽤 오래 나오지 않는다. 십 년 만에 만난 친구 옆에서 부부싸움을 하진 않을 텐데. 방문을 똑똑 두드리고 대답을 기다리지도 않고 방문을 열어본다. 왜 그래? 눙치듯 묻는 내 쪽으로 M이 고개를 돌려, 잠시만 나가 있을래요? 이건, 우리 부부 사이의 일이라. 웃지도 않고 그런다. 나는 좀 머쓱해져서 문을 닫고 창가로 가서 밖을 내다보며 서 있었다. 방에서 나온 둘의 표정은 아무

일도 없었다는 듯 또 태연하다.

M이 내가 묵을 방을 보여준다며 좁은 계단을 앞서 올라간다. 다락처럼 경사진 천장 아래 일인용 침대 위의 이부자리가 새로 준비한 듯 정갈하다. 오래 비워놓은 곳인 듯 묵은 곡식창고에서 나는 듯한 냄새가 난다. 귀찮게 한 건 아닐까, 싶다.

"오슬로에서 묵으면 되는데."

"그럴 필요가 뭐가 있어요. 저이도 외롭고, 방도 남는데."

"말, 놓지."

그 말에 M은 날 빤히 쳐다본다. M은 조금도 변하지 않았다. 그렇지만 내가 알던 M, 몰려다니며 팥빙수를 같이 먹고 영화를 같이 보러 다녔던 M은 아니다. 말 놓으라는 얘기 말고, 만나면 할 얘기가 참 많을 것 같았는데.

"이 마을 이름이 뭐지?"

"운자 크레보."

"……운자 크레보. 천국처럼 아름다운 곳이다."

M이 갑자기 돌을 집어던지듯 외친다.

"천국? 난, 서울이 그리워. 돌아가고 싶어."

아까 마당에서는 더러운 공기마저 그립다는 말에 웃었지만, 반복되는 그 말은 암호처럼 들린다. 누군가가 해독해주기를 바

라며 허공으로 띄우는 암호. 그러나 암호를 읽어내기엔 우리는 너무 오래, 너무 먼 곳에 떨어져 지냈다. 나는 가방을 내려놓고 창밖을 내다보았다. 오슬로의 호텔에서 묵는 게 더 나았을까. 나무덧창이 달린 창밖으로 보이는 호수의 물빛이 푸르고 차갑다.

"호수가 옆이구나."

M이 가늘게 한숨을 쉰다.

"협만이야. 나중에 내려가봐. 여기 사람들은 곧잘 수영도 하던데, 내겐 저 물이 너무 차가워."

M이 나가고 나서 옷을 갈아입고 내려가니 P가 마당에서 따왔다며, 빨갛게 익은 사과 접시를 밀어준다.

"껍질째 먹어라. 필름 가져온 거 있어? 같이 보자. 내일은 난 연구소 일 때문에 아무래도 같이 못 갈 것 같다. 저 사람하고 둘이 다녀와."

"그러냐?"

담담히 대답했지만 사실을 말하자면, 매우 실망스러웠다. 나는 내일 P와 시사회에 같이 갈 거라고 생각하고 있었다. 내 작품을 시스템이 제대로 갖춰진 곳에서 P에게 보여주고 싶었다. 그의 것보단 작지만, 내 몫의 갈채와 영광 속에 서 있는 나를 보

여주고도 싶었다.

메이킹 필름을 먼저 넣었다. 카메라를 든 누군가가 웃기라도 한 듯 화면은 흔들리며 시작된다. 촬영 현장의 어지러운 풍경들, 반바지를 입은 나, 모자를 쓴 나, 스태프들에게 지시를 내리고 어딘가로 달려가는 나, 마지막 촬영을 끝내고 거품이 이는 맥주잔을 높이 치켜들고 웃고 있는 나. 똑같은 필름인데 왜 한국에서 볼 때와 느낌이 다른 것일까. 웃고 있는 내 얼굴도 낯설지만 목소리는 더 생경하게 들린다. 불안정하고 조급하게 외쳐대는 내 경박한 목소리 때문에 나는 조금 의기소침해진다.

세상 모든 사람에겐 아니지만, 누군가에겐 정오의 공작처럼 보이고 싶은 순간이 있는데.

M이, 자신은 시사회에서 보겠다며 잠시 나갔다 오겠다 한다. 장을 봐오려는 것 같다. 나는 P에게 화가 좀 난다. 가장 가까운 마켓이 한 시간이 넘게 걸린다니 왕복 세 시간이다. 아까 들어오면서 장을 봐오는 게 뭐 어려운 일이라고. 바가지 모양의 시트로엥이 밀밭 사잇길을 꼬물꼬물 기어가다 이윽고 사라져버리는 게 소파에 앉아서도 보인다. P가 일어나더니, 술병 하나와 잔 두 개를 들고 온다. 반주로 마신 와인도 아직 깨지 않았는데. 내가 그러하듯, P 역시, 오랜 시간의 틈이 쉬 메워지지는 않는 모양이

다.

잔에 그득히 부어서 하나를 건네주고는 술잔을 부딪는다. 쨍, 소리가 너무 크게 울린다. 화이트와인인 줄 알았는데 독주였다. 한 모금 마시고 얼굴을 찌푸리고 있는데 P는 단숨에 벌컥벌컥 마셔버린다.

"칼바도스야. 레마르크의 『개선문』, 읽어보았어?"

"아니."

"그래? 읽었어야 되는데. 할 수 없지 뭐. 그 소설 속에서 라비크라는 남자가 끊임없이 마시는 술이 이거다. 사과주지. 노르망디 산이야."

P는 마치 그 남자 때문에 할 수 없이 마신다는 듯 다시 한 잔을 부어서는 라비크를 위하여, 하고는 원샷을 해버린다. 농익은 사과향이 스치는 것 같기도 하다. 스트레이트로 마시기엔 무리라고 생각되는 도수였다.

"나는 영화를 좋아하지 않아. 영화는, 삶의 표면만을 보여줄 뿐이야. 한번 보고, 네가 제대로 영화를 만들 수 있을 것 같으면, 내가 시나리오를 하나 써주지. 영화는 시나리오가 절반이잖아."

시나리오를 써줄 수 있다는 P의 얘기는 빈말은 아닐 것이다.

나는 P가 고3 때 쓴 소설의 제목과 내용을 지금도 기억한다. 포르노였다. 나는 그의 최초의 독자였고, 유일한 공짜 독자였다. 친구들은 P의 활달한 글씨로 쓰인 그 불법출판물을 보기 위해 빵 두 개와 우유 하나를 제공해야 했다. 열풍이었다. 웨이팅 리스트가 따로 있었다.

오후 수업시간이었다. 그 소설에 너무 깊이 빠져든 친구녀석은 짝이 옆구리를 찌를 때까지 선생님이 제 옆에 서서 같이 내려다보는 줄도 모르고 있었다. 햇보리와 마선생, 이라…… 노트를 집어든 선생님이 제목을 천천히 읽자, 절반쯤 졸고 있던 반 아이들은 모두 잠에서 깨어나 흘러내린 침을 손등으로 문지르며 장차 이 사태가 어떻게 진행될지를 지켜보았다. 노트를 한 장씩 넘겨본 선생님이 P의 이름을 불렀다. 아, 뭐 자랑스러운 내용이라고 맨 앞에 제 이름까지 적어놓았는지. P가 자리에서 일어났고 선생님은 P의 옆으로 느리게 걸어갔다. 선생님은 지난 시간의 수업내용을 확인하는 투로 물어보았다. 햇보리가 뭐니? P는 망설임 없이 대답했다. 여자 거기랑 꼭 닮았잖아요. 선생님은 실실 웃었다. 그 웃음은 분필가루 마시며 교단에서 보낸 세월이 헛되지 않았다는 듯, 제자의 천재성을 발견한 늙은 사부의 웃음처럼 흔연했다. 우리는 선생님이 봐줄 거라고 전망했다.

전교 일등 앞에서 선생님들의 팔은 늘 근육무력증을 일으켰다. 마선생은, 뭐야? P가 재빨리 대답했다. 애마부인의 남성형입니다. 아이들이 키들거리기 시작했다. 얼굴이 긴 그 국어선생님을 우리는 마선생이라 부르고 있었다. 그래? 선생님은 조용히 몸을 굽히더니 신고 있던 슬리퍼 한 짝을 벗어들었다. 나중에 P는, 마선생이 자신의 뺨을 개화기 예배당 종 치듯 했다고 표현했다. 신성모독적인 표현이었지만 속도와 열정을 비교하기엔 더없이 적절한 비유였다. 나는 P의 뺨을 보고서야 선생님 슬리퍼 바닥이 다이아몬드 무늬라는 걸 알았다. P는, 그런 역경에도 불구하고 두 편의 소설을 더 써서 시리즈를 완결했다. 반응은 열광적이었다. 두 덩이의 빵이 있으면 하나를 팔아 장미꽃을 사라는 코란을 언제 읽었는지 친구들은 그 글을 위해 기꺼이 하루치 간식을 바쳤다. P의 소설에서 클라이맥스가 너무 늦게 온다는 불만도 있었지만 P는, 독자의 요구에 흔들리지 않았다. 야, 진짜 좋은 건 하기 전까지라구. 우리는 그걸 명랑 포르노라 불렀다.

P는 이미 그 글에서 여자의 그곳에 대한 산부인과적 지식을 구사하고 있었다. 일테면 클리토리스라는 용어를 써가면서 패팅의 테크닉을 생물학적이면서도 시적으로 기술하고 있었다. 물론 그런 유의 소설책을 일부 베꼈으리라는 혐의가 없는 건 아니

었지만, 무엇보다 놀라운 건 노골적이면서도 일정하게 유지하고 있는 격조였다. 아이들 중엔 혼자 할 때, 누드사진보다 P의 소설을 읽으며 하는 게 더 좋다고 주장하는 놈도 나왔다. 훗날 여자의 몸을 실제로 만질 때마다 나는 늘 그의 소설에서 맛보았던 그 미칠 듯한 몽환의 느낌을 찾았지만, 현실은 번번이 그가 보여준 세계에 미치지 못했다.

돌이켜보면, 자기가 얼마나 예쁜지 모르는 열세 살 소녀처럼, 그 작품은 포르노라 폄하하기엔 확실히 눈부신 데가 있었다. 삶이 왜 끝내 아름다운 것인가를 허망하고 불온한 그릇에 담아 그려낸 예술이었다. 감출 수 없는 생의 에너지가 정오의 분수처럼 뿜어져나오던 그 문장들. ……내 기억 속에서 P의 그 시리즈는, 점점 더 불온하게, 슬프도록 탐미적으로 승화되어갔다. 이후로 종이든 필름이든, 어떤 포르노도 그것만큼의 환(幻)을 내게 주지 못했고, 인간이 가진 짐승의 속성을 그것만큼 슬프고도 아름답게 표현한 것을 보지 못했다. 내 영화는 어쩌면 그것을 뛰어넘고 싶었던 내 욕망의 자식들이었다. P는, 아직도 그 소설의 내용을 기억할까. 그렇다 하더라도, 나만큼 세세히는 기억하지 못할 것이다.

P는 눈으로 화면을 보며 이야기를 시작한다. P의 말 사이사이

로 영화의 대사가 토막토막 잘린다.

"저기가 서울인가? 돌아간다면, 여기서보다 더 이방인으로 살겠군."

"변한 곳만 그렇지. 어떤 덴 이십 년 전이나 지금이나 똑같은 데도 있어."

"네 얘기 좀 해봐. 어떻게 지냈나."

"내 얘긴 저 필름 안에 전부 들어 있어."

화면을 바라보는 P의 눈은 조금씩 풀려가는데, 나는 그가 조금은 더 열중해서 보아주기를 원한다. 흘려보내듯 보아버리기엔, 너무 많은 열정과 에너지를 저 필름에 쏟아부었다. 등장인물의 그림자 하나도 소홀히 하지 않았고, 시선의 각도까지 노트에 기록해가며 촬영한 필름이다. 너의 손은 코리안 퀼트일지 몰라도 죽었다 깨어나도 저런 영화는 만들지 못해. P는 어느새 산만하게 제 얘기만 하고 있다.

"그래? 내 프로젝트에 대해선 어떻게 생각하니? 늦어도 내후년이면 『오버 더 네이처』에 이 신약에 대한 기사가 실린다. 인류가 달에 첫발을 디뎠을 때나 혹은 복제인간이 지구상의 어딘가에서 탄생하기 위한 초읽기에 들어갔다는 뉴스처럼 지구를 흔들게 될 거야."

"테크놀러지에 있어서의 판도라의 상자가 아닐까."

나는 좀 삐딱해진다. P는 개의치 않는 표정이다.

"과학이 핵산과 단백질의 차원을 넘어서는 거지. 태우면 한줌 무기물일 뿐이지만, 살아 숨쉬는 인간이란 핵산과 기억, 단백질과 욕망이 혼합된 기이한 존재가 아니겠어? 사람들은 불가능하다고 말했지. 난 할 수 있어. 난, 기억과 욕망을 관리할 수 있게 된 최초의 의과학자로 영원히 기억될 거야."

연구에 대한 얘기를 끊임없이 늘어놓는 사이에 화면엔 어느새 엔딩 크레딧이 올라가고 있었다.

"……근데, 마지막 장면 있잖아. 이랬으면 어떨까."

이제 P는 입을 열 때마다 술냄새를 푹푹 풍긴다.

"아까, 우는 여자의 얼굴 말이야. 여자를 비추지 말고, 차라리 실내의 어두운 모퉁이와 계단만 화면에 잡으면서, 목소리로만, 그의 이름을 부르게 하는 게 낫지 않을까? 이를테면, 보이지 않는 여자의 표정에 더 커다란 슬픔을 담을 수 있지 않을까? 감정이 없는 무생물을 화면에 담으면서 말이다. 시들어가는 화병의 꽃도 좋겠지. 슬픔과 후회와 미칠 것 같은 분노를 담기엔 저 마지막 장면은 스스로를 제한하고 있는 것처럼 보인다. 저건 말이지, 이래도, 이래도 안 울 거야? 하고 들이대는 것 같아. 안 그래,

신파?"

P의 목소리는 낮지도 높지도 않다. 말을 더듬거나 혀가 꼬부라지지도 않았다. 헝겊으로 둘둘 싼 빈 술병으로 뒤통수를 가격당한 느낌이었다. 나는 왜 그 생각을 못 했을까. 모든 가능성을 열어두었다고 생각했다. 무수히 시놉을 바꿔가며 어리석어 보일 만치 많은 데모 필름을 만들어보았다. 더이상의 효과는 없을 거라 확신하며 고른 시퀀스였다. 왜 끝내 그쪽으로는 내 상상력이 미치지 못했을까.

"영화는 삶의 그림자일 뿐이야. 그림자는 잡히지 않기 때문에 그림자다. 무언가를 굳이 말하려 하지 말고, 말할 수 없는 것들을 그려서, 그 실체가 떠오르게 해봐. 넌, 너무 친절해. 천천히, 익사한 시체가 부패가 진행되면서 물 위로 떠오르듯 그렇게. ……친절한 건 뻔하고, 뻔한 건 지루한 거야."

M은 돌아오지 않는다. 나는 시차를 핑계로 쉬고 싶다며 일어난다. 계단을 오르는데 P가 내 이름을 부른다. 고개를 돌려 쳐다보자 P는 눈을 가늘게 뜨며 내게 묻는다.

"안데르센의 어린 시절 꿈이 뭐였는지 아니?"

나는 그렇다고도 아니라고도 대답하지 않고 P를 바라본다.

"안데르센의 꿈은, 중국 왕에게 스카웃되어 금으로 된 궁전에

서 노래를 부르며 살고 싶다는 것이었어."

만난 이후 처음으로 P가 미간을 좀 찌푸렸다. 무슨 말을 하고 싶은 걸까.

"……꿈은, 이루어지지 말아야 하는 거야."

나는 대답 없이 P의 눈을 잠시 바라보다 이층으로 올라왔다. 피오르드의 물빛은 그사이 회색으로 바뀌었다. 바깥은 더이상 어두워지지 않는다. 그림자가 생기지 않는 흐릿한 밝음 속에서 노란 야생화 꽃빛이 아까보다 더 돌올해졌다. 줄기를 자르면 일시에 둥실 떠오를 것 같다. 내가 여기까지 온 건 P에게 다만 필름을 보여주려던 게 아니었다. 나는 오슬로에서 내 필름이 상영되는 것을, 평론가와 언론의 주목을 받는 나를, 그 동안의 내 영화 성과가 실린 보도자료를 P에게 보여주고 싶었을 것이다.

그런데, P는 시사회에 같이 가지 않겠다 한다. 내 영화에는 내 욕망만이 도드라져 보인단다. 집착만이 선명하단다. 친절하고 뻔하고 지루하단다. 방약무인한 태도로 논문발표를 하던 P, LA의 상류층 환자를 상대하는 병원에서 오리엔탈 익스프레스, 라 불리며 환자들의 신으로 군림했다던 P, 천국의 풍경이 이러할까 싶은 스칸디나비아 반도의 한 점, 운자 크레보에 자리잡은 채, 이제 기억과 욕망을 제어하는 신약을 출시하겠다는 P. 그에겐,

이곳의 풍경처럼 밤이 없다. 끝내 어두워지지 않는 대기와 점점 요염하도록 제 빛을 발하는 야생화와 얼어붙은 강처럼 보이는 피오르드를 바라보며, 나는 창가에 오래 서 있었다. 들판 끝에 한 점이 보인다.

귀가를 서두르는 딱정벌레 한 마리가 내게로 날아온다.

M이 돌아오고 있다. P야말로 왜 저런 차를 타는 걸까. 유머를 즐기는 P가 제 눈부신 일상에 던지는 경쾌한 농담인가. P가 가진 것 중 가장 귀한 것이, 그가 소유한 것 중 가장 하찮아 보이는 낡은 시트로엥에 담겨 다가오는 걸 보자 나는 그만 울고 싶어진다. 기억과 욕망을 조절할 수 있는 약이라.

밤은 끝내 검어지지 않는다.

*

같이 갔으면 좋았을 텐데, 라고 앞질러 말하는데 내가 더 무어라 할 수 있겠는가. 이등은 곧 꼴찌가 되는 치열한 신약 부분의 연구는, 심장에 데이지꽃을 수놓는 일보다 더 지난하고 인내를 요구하는 일일지도 모르겠다.

M은 어제 어디까지 장을 보러 갔다 왔을까. 아침 식탁엔 양

파를 듬뿍 넣은 매콤한 감자국과 연어구이, 고춧가루 알갱이가 셀 수 있게 뿌려진 양배추 겉절이가 올라와 있었다. 오리엔탈 마켓이 흔한 북독일과는 또다른 이국생활의 어려움이 보였다. 라면이라도 두어 박스 들고 올걸, 싶었다. 어제 맨얼굴이었던 M은 아침에 살짝 화장을 하고 있다. 차에 오르기 전, M은 P의 옆으로 가 내겐 들리지 않게 무어라무어라 얘기를 하고는 돌아온다. P는 그저 고개를 건성으로 끄덕이고만 있다. 시동을 걸자 시트로엥은 낡은 트럭만큼이나 요란한 소리를 낸다. P에게 손을 흔들고는 안전벨트를 맸다. 시사회는 오후에 있다. 일찍 나가서 바이킹 박물관이나 뭉크 미술관이라도 둘러보라고 말한 건 P다.

완만한 높낮이가 반복되는 도로의 양쪽으로 양치식물군이 거대한 양탄자를 펼쳐놓은 듯 깔려 있다. 이제 내 마음속에 M에 대한 열정은 남아 있지 않다고 생각한다. 너무 오랜 시간이 흘렀기 때문이 아니라 P의 아내가 되었기 때문일 것이다.

삶의 모퉁이에서 가끔 M이 불쑥 떠오를 때가 있었다. 그럴 때면 M의 얼굴보다 먼저 떠오르는 건 그녀의 팔이었다. 흰 반소매 교복 아래 칠 센티쯤 보이던, 볼 때마다 가슴이 콱 막혀버리던, 교복의 흰색과는 달랐지만 희다, 고밖에는 말할 수 없었던 팔. 그 무렵 내 욕망의 대상은 M의 입술도, 젖가슴도 아니었다.

교복 아래 보이는 그 팔을 한 번만 쓸어볼 수 있기를 얼마나 열망했던가. 손바닥에 그녀의 팔이 닿는 상상만으로도 내 얼굴은 붉게 달아올랐고 숨이 막혔다. 그 팔이 내 손 아주 가까운 곳에 있다. 손등에서 팔꿈치까지 몇 개의 크고 작은 점이 보인다. 어쩌면 옛날부터 있었던 걸 내가 보지 못했는지도 모른다. 나비떼처럼 팔랑거리며 흘러든 차창 밖 햇살이 M의 팔에 내려앉는다. 점은 나비의 눈처럼 흔들리며 춤을 춘다. 처음부터 그녀에 대한 모든 것은 환상과 실체가 이런 식으로 뒤섞여 있었다. 내 기억 속에서 사람의 살갗이 아니라 천사의 그것처럼 보얗고 스스로 빛이 나듯 산란하는 느낌으로 떠오르곤 하던 그 팔은 이제 더 이상 내 호흡의 가닥을 흐트러뜨리지 못한다. 다만 아릿하고 둔한 적막이 명치에 천천히 고여든다.

교내 문학서클에 가입해서 활동을 활발히 한 건 겨우 고1의 이 학기 몇 달에 불과했다. 이학년에 올라와서는 벌써 입시의 중압감 때문에 친목모임 비슷하게 한 학기에 두어 차례 만나는 게 전부였다. M은 내가 자기를 좋아한다는 걸 알고 있었을 것이다. 어떤 절실함은 꼭 언어로 전하지 않아도 전해진다고 믿었다. M 역시 내게 호감을 갖고 있다는 건 느낄 수 있었다. 더이상 가까워지지 못한 건 나 때문이다. M의 앞에서 말을 하면, 목소

리가 나오지 않을 것이라는 두려움이 있었다. 그건 물컵을 들면 떨어뜨릴지도 모른다는 두려움보다 더 크고 막막한 것이었다. 여럿 앞에서 이야기할 땐 아무렇지도 않다가 M에게 말을 하면 내 목소리가 나오지 않을 것이라는 강박이었다. 말을 하기 전에 벌써 드러난 팔을 보는 순간 내 호흡은 흐트러져버렸다. 삼학년 때 가입도 하지 않은 P가 M과 함께 서클룸에 들어섰을 때, 나는 불안과 분노와 체념을 동시에 느꼈다. P와 나란히 들어서는 M의 표정에서 나는 사랑, 이라는 추상을 그린 그림문자를 읽고 있었다.

P가 미국으로 갈 때 M도 같이 떠났다. 뒤늦게 영화학교에 등록하면서 내가 뉴욕으로 간 게 그 일 년 뒤다. 동부와 서부에 떨어져 있긴 했지만, 근처로 촬영여행을 갈 일이 있어도 한 번도 P를 찾아가보지 않은 것은 M 때문이었을 것이다. M이 그때의 내 마음을 몰랐을 리는 없다. 오슬로 시내로 들어설 때까지의 침묵이 꽤나 불편했던지, M은 시가지가 보이기 시작하자 명랑하게 물어보았다.

"어디부터 갈까? 민속박물관? 바이킹 박물관도 볼 만한데."

"뭉크나 보러 가지."

초행이 아닌 듯 M은 곧바로 길을 잡는다. 경사진 넓은 잔디밭

위에 세워진 미술관은 미니멀한 외형이 인상적이다. M이 티켓을 사는 동안 나는 미술관 건립이 일본의 후원으로 이루어졌다는 기록이 새겨진 유리벽 아래 서서 기다렸다. 모처럼 사람들이 웅성웅성 모인 모습을 보았다.

프린트로 흔히 보아온 〈사춘기〉 앞에 사람들이 여럿 서 있다. 낯선 사람들의 시선 앞에서 파리한 소녀의 눈빛이 불안하게 흔들린다. 발가벗은 소녀는 두 팔을 늘어뜨려 벗은 몸을 가리려 하고 있다. 이미 몸에서 움트는 관능의 기운을 감추기엔 팔이 너무 가늘다. 오므린 무릎을 벌리면, 비릿한 첫 생리혈을 흘리며 울음을 터뜨릴 것만 같은 소녀. M이 옆에서 중얼거린다.

"난, 이게 뭉크의 자화상이라고 봐."

"그래?"

"일생을 신경쇠약과 죽음에 대한 강박증에 시달린 뭉크의 표정이 저렇지 않았을까."

교과서에 실렸던 그림을 실제로 보는 일은 늘 묘한 기분을 느끼게 한다. 〈모나리자〉나 〈이삭 줍는 사람들〉 앞에 서면, 그것들이 사실은 그리 크지 않다는 것, 프린트와 다른 원화가 주는 놀라움과 충족감이 기대만큼은 대단하지 않다는 것, 충족된 욕망이 주는 포만감 앞에서 피어오르는 아릿한 허무, 같은 걸 동시

에 느끼게 된다. 순간적으로 떠오른 그 짤막한 인식의 끝에 왜 P의 얼굴이 떠오르는지.

"프린트와 원화의 차이는 뭘까. 그림값 같은 것 말고."

궁금해서 물어본 건 아니다. 나는 그림에는 애초에 조예도, 각별한 애정도 없는 사람이다. 눈을 깜박이며, 쉽게 대답하지 못하는 M의 표정에서, 나는 다시 교복 아래 칠 센티쯤 드러났던 팔을 떠올린다.

"마음의 겹처럼 덧칠된 물감이 전해주는 부조감은, 프린트를 아무리 잘 찍었다 한들 살릴 수 없지 않을까? 프린트에선, 그림자가 보이지 않아."

"그래? 그런데, 〈절규〉는 왜 없지?"

실내를 둘러보며 나는 그 그림을 찾아보았다.

"절규는, 많아."

절규는, 많아. 그 말은 어쩐지 비장하게 들린다. 절규가 많다니.

마지막 방에 이르러서야, M이 절규는 많아, 라고 한 말이 무슨 뜻인지 알았다. 하얗게 칠해진 채 관람객을 위한 나무의자 하나 없는 그 방은 온통 절규의 방이었다. 기억 속의 그 표정, 처음엔 성별을 알 수 없는 한 사람의 일그러진 얼굴이 먼저 보

인다. 죽음의 얼굴과 정면으로 마주친 듯 공포에 질린 눈, 영원히 닫힐 것 같지 않은 동그란 입술. 핏빛 하늘은 색채가 아니라 비명의 음파처럼 소용돌이치고 배면(背面)의 두 남자는 아무것도 듣지 못했다는 듯 유유히 걷고 있다. 자세히 보면 검푸른 물빛 사이로 작은 배와 교회당이 떠 있다.

큰 교실만한 그 방은 모두 절규 시리즈로 채워져 있었다. 단색 판화, 혹은 채색 판화, 조금씩 색채의 톤이 다른 회화작품, 연필스케치, 큰 절규, 작은 절규, 그리다 만 절규, 무채색의 절규, 붉은 절규, 검은 절규, 희미한, 손바닥만한, 고막을 찢을 듯한, 절규. ……한순간, 나 역시 그림 속의 그 사람처럼 입을 벌리고 귀를 막고 싶었다. 그 방은, 너무 날카로워 인간의 귀에는 들리지 않는 고음역의 절규로 가득 차 있는 듯하다.

"가끔 여기 와서 시간을 보낼 때가 있어. ……이 남자, 뭉크. 그림을 보면, 일찌감치 자살이라도 한 줄 알았는데, 팔십이 될 때까지 살았더라구."

"배신감이야?"

M은 희미하게 웃는다.

"위로 같은 거지. 가족력인 폐결핵에 대한 공포, 이상성격자였던 아버지에 대한 두려움, 끊임없었던 정신병력에도 불구하고

그토록 오래 살다니. 가혹한 현실이 오히려 그를 붙들어주었다고 생각하면, 위로가 돼."

M의 목소리가 고즈넉하다. 무슨 말을 하고 싶은 걸까.

"나 대신 누군가가, 혹은 나 아닌 누군가도, 들리지 않는 비명을 지르고 있구나, 그런 위안."

M. 네게도 위로가 필요한가. 삶에 있어 불가능을 모르는 너의 남자, 천국과도 같은 운자 크레보의 집, 그리그의 음악 같은 풍광속의 일상, 젊은 나이에 이미 이루었던 부(富). 무엇이 더 필요하니.

"어느 게 진짜 절규야?"

내 질문에 M이 하, 소리를 내며 웃는다. 나도 같이 웃었다.

"대체로 완성된 회화작품을 꼽지만, 여기, 가짜 절규는 없어. 난, 이 연필 스케치가 참 좋아. 교과서에 실린 건 저 작품이지 아마."

M이, 손가락으로 섬세한 선으로만 이루어진 스케치 하나를 가리킨다.

둥글게 휘어져들어온 만의 가장자리에 있는 노상카페에 날 앉혀놓고 M은 찐새우와 생맥주 두 잔을 가져왔다. 새우는 무척

차갑다. 한낮의 파도가 애무하듯 방파제를 핥고는 한 호흡을 머뭇대다 밀려간다. 기름진 깃의 갈매기가 날아와 새우를 달라 보챈다.

"갈매기가 이렇게 큰 줄 몰랐어."

"가까이 봐서 그래."

새우의 짠물이 손가시에 배어 쓰라리다. 술기운이 퍼지면서, 방파제를 따라 정박해 있는 어선처럼 내 마음이 아슴아슴 흔들린다. 나는 P에게 물어보지 못한 걸 M에게 묻는다.

"잘나가던 외과의가 왜 갑자기 면역학으로 바꾼 거지?"

"글쎄."

M은 바다를 바라보며 입술을 살짝 깨문다. 그러더니 고개를 젓는다.

"나도 잘 몰라. 다만, 자신의 전부를 걸어보고 싶은 어떤 게 필요했던 것 같아. 때론 걷고 싶은데 늘 날아다닐 수밖에 없었다, 라고나 할까."

그게 P였다. 그래서 그에겐, 모든 것이 가능한 생이 지루했단 말인가. 중국 왕 앞에서 노래하는 가수가 되고 싶었던 안데르센의 꿈은, 이루어지지 않은 게 더 나았다는 말일까. M은 여전히 말을 아낀다.

"지금 하고 있는 연구는 어때?"

마지못한 듯 M이 대답한다.

"다른 사람들에게 불가능해 보인다는 걸 알고 선택한 프로젝트가 아닐까?"

P는 M에게 연구에 대해 말하지 말라 했었다. 그러나 M의 대답은 어쩐지 그녀가 전혀 모르고 있지는 않다는 느낌을 주었다.

"연구소는, 오슬로에 있어?"

대답 대신 M은 가방을 들고 일어선다.

"시사회 늦겠어."

시사회 일정을 끝내고 나왔을 때 시내는 꽤 소란했다. 낮에 들렀던 그 미술관에서 도난사고가 있었다 한다. 〈절규〉와 〈마돈나〉 두 점을 가져갔는데, 한낮의 미술관에서 총기를 든 그림 도둑들은 순식간에 그림을 떼어내 그야말로 절규하는 관객들 틈으로 유유히 사라졌다 한다. 너무도 유명해서 팔지도 못할 그림을 왜 가져갔을까? 욕망과 어리석음이 없다면, 세상은 클라이맥스 없는 흑백의 무성영화 같겠지.

저녁시간이 지났는데 여기선 도무지 시간을 가늠할 수가 없다. 프리웨이로 들어서자 M은 쫓기는 사람처럼 운전을 한다. 가

속페달을 끝까지 밟을 때면 엔진에서 날카로운 쇳소리가 났다. 나는 구멍 뚫린 바닥을 툭툭 차며 말했다.

"이건 또 무슨 취미야. 가난에 대한 향순가?"

"누가 가난에 대한 향수 같은 걸 갖겠어? 언제 끝날지 모르는 연구에 가진 걸 전부 쏟아붓고는 한 푼도 가져오질 않는데."

M의 목소리가 날카로운 엔진 소리에 섞인다.

"우리 요즘 생존 모드야. 언제 잔고가 전부 사라져버릴지."

갑작스런 M의 말에 나는 무슨 말을 해야 할지 몰라 바닥에 뚫린 구멍만 내려다보았다. M은 아주 길게 천천히 숨을 내쉰다. 격정적으로 한순간 쏟아버린 말을 벌써 후회하는 듯하다.

"거대과학 쪽은 원래 그래. 인내와 연구비와의 싸움이지. 그러다 어느 순간 놀라운 결과가 나올 거야. 저 녀석이라면, 뭔가 만들어낼 거라고 봐."

집에 도착할 때까지 M도 나도 더이상 한마디도 하지 않았다.

P가 돌아왔는지, 창에 불빛이 환하다.

황량한 아름다움의 극치로 보였던 뜰은 하루 만에 빛을 잃었다. 가장자리의 관목에, 몇 년 동안 정리하지 않은 넝쿨식물의 마른줄기가 켜켜이 엉긴 걸 나는 쓰라린 마음으로 쳐다본다. 쓰라림은 P가 아니라 M 때문이다. 차에서 내리기 전, 떠날 때까지

P에게 아무 내색도 하지 말아달라고 M이 부탁했지만, 굳이 그러지 않아도 내가 먼저 너 이렇다며, 간섭할 이유도 없었다. 차문을 열자 팔에 소름이 오소소 돋아난다.

집 안에 들어가니, 전기밥솥에서는 김이 오르고 있고 참치찌개 냄새가 매콤하다.

밥을 다 해놨네? 하는 M의 목소리가 제법 명랑하다. 그 명랑한 목소리는, 너는 이방인이며, 잠시 머물다 떠나면 그뿐, 이 영역을 건드리지 말아달라는 나에 대한 경고처럼 들린다.

어쨌든 불행을 연기하기보다는 평화를 연기하는 게 쉽지. 하는 사람이나 보는 사람이나.

벽난로의 불빛이 타닥거리며 춤추듯 흔들린다. 벌써, 싶지만 장작을 피우지 않았다면 추웠을 것 같다. 붉게, 일렁이는 불은 그 색깔만으로도 마음을 데워준다. 텔레비전을 보며 혼자 맥주라도 마셨는지, 실내엔 알코올 냄새가 떠돈다. M이 식탁을 차리는 동안 P가 술 한 병을 들고 나온다. M이 P를 보며 고개를 젓는다. P는 당당하다.

"벗이 먼 길을 찾아왔는데 술 한잔이 없으면 안 되지."

밥을 먹는 동안, M과 내 잔에 부어놓은 술은 그대로인데 P는 나머지를 혼자서 다 마셔버린다. 그러고는 또 어디론가 나가더

니 맥주와 위스키 병을 들고 나왔다.

"봐주는 사람 있을 때 폭탄주 제조 한번 해보자. 시사회는 어땠어?"

"괜찮았어. 관객도 많이 왔고, 관계자들 반응도 좋았고."

M이 대신 대답했지만 P는 못 들은 것처럼 묻는다.

"오슬로는 어때?"

나는 P가 만들어놓은 폭탄주를 홀짝 마셔버린다. 그랬다. 내가 마셔서 없애버리는 것 외엔 방법이 없어 보였다. 그래도 P의 속도를 따를 수가 없다. M을 힘들게 하는 P가 나는 싫다.

"이름만큼 예쁘진 않은 도시더군."

"뭉크 미술관엔 가봤나? 거기 그림 두 개가 없어졌지?"

뉴스를 보고 알았을 것이다.

"비밀을 하나 알려줄까?"

P의 얼굴은 꽤나 진지하다.

"내가 훔쳤어. 아닌 것 같아? 내가 훔쳤다니까. 마누라가 거기만 한 번씩 갔다 오면 사흘은 우울해 있는 거야. 내 예쁜 마누라가. 날개 안 달린 천사 같은 저 여자가. 그래서 내가 훔쳤다. 아주 간단했어. 철사줄을 자르고 들고 나오기만 하면 됐으니까. 보여줄 수도 있어."

그녀의 우울의 원인이 그림이라고 생각하냐고 되묻기엔 P는 너무 취해 있다. 대신.

"그래? 한번 볼까?"

그렇게 말하지 말았어야 했다.

P는 입을 길고 동그랗게 벌린 채 눈을 부릅뜨고는 두 손으로 귀를 틀어막는다. 아아, 소리지르듯 목을 길게 뽑으며. 벌린 입을 쳐다보고 있자니 내 귀에만 들리지 않는 절규가 실내에 가득 찬 것 같다. M은 못 본 척하고 설거지를 하고 있다. 매혹적인 인형극의 무대 뒤를 우연히 보아버린 어린 소녀처럼 나는 눈물이 쏟아질 것 같다.

"〈마돈나〉는, 그러니까 내 마누라가, 마돈나야. 벗으면 똑같아. 절정에 이르게 해주면 꼭 그런 표정을 짓는다니까?"

P는 소파에 드러눕듯 하고는 눈을 감고 웃기 시작한다. 싱크대 앞에 선 M이 물을 켜놓은 채 고개를 숙인다. 어느새 사위고 있는 벽난로 불빛을 가리키며 P가 주절거린다.

"여긴 8월이 가기도 전에 추워져. 여보. 장작을 몇 개 더 넣어. 곧 스리 도그 나이트가 올 텐데. 북극의 어느 곳에선 못 견디게 추우면 개를 껴안고 자. 조금 추우면, 한 마리, 더 추우면 두 마리, 아주 추우면 세 마리…… 더 추운 날엔 손님에게 마누라를

내놓지. 네가 왔는데 난 줄 게 없어. 마누라밖엔. 똑같아. 절정에 이르면 똑같은 표정을 짓는다니까. 네게 줄 건, 마돈나밖엔 없어."

나는 자리에서 일어나, P의 뺨을 갈겼다. 아픔을 못 느끼는 듯 어리둥절한 표정으로 쳐다보는 P의 가슴에 다시 주먹을 한 대 날렸다. 그만 해. M이 울 듯한 목소리로 낮은 비명을 지르지 않았다면, 피를 볼 때까지 주먹을 휘둘렀을지도 모른다.

강의 저쪽에서 끊임없이 질주하며 나를 유혹하던 너의 등. 그 뒷모습을 응시하며 휴가를 반납할 수 있었고, 바닷물에 몸 한 번 담그지 않고 청춘을 보냈으며, 주전자 가득 커피를 끓여놓고 밤을 새울 수 있었는데. 비굴과 모멸을 비타민처럼 기꺼이 받아 삼켰는데. 어쩌면 나의 지난 생은 너의 삶의 그림자였다. 나는 너를 따라잡고 싶었고 너와 겹쳐지고 싶었고 한 번만이라도 너를 밟고 지나가보고 싶었다. 모든 걸 잃은 건 P가 아니라 나인 것처럼, 그가 일순 내가 이룬 모든 것들을 무의미한 것들로 만들어버린 것처럼, 짓밟힌 모래집처럼, 나는 의자에 푹 주저앉았다. 사실이라니까! 주절거리는 그의 목소리는 천진난만하다. 소파 위에 비슥이 드러누운 채 입을 동그랗게 벌리고 귀를 손바닥으로 막고는 끝도 없이 떠들어댄다.

"마돈나 맞아. 감은 눈을 뜨면, 눈빛이 노래져. 저 여자, 내겐 천사야. 천사하고는 섹스를 할 수 없잖아."

남은 위스키를 단숨에 마셔버리고 P는 소파에 길게 눕는다. 그러고는 날 쳐다보며 살짝 미소를 지었다. 눈가에 가늘게 주름이 잡히며 세포 하나하나가 웃는 듯한 저 웃음. 같이 지낸 세월이 짧지 않았지만 P가 이토록 행복감으로 충만했던 순간을 본 적은 없었다는 생각이 든다.

가방을 챙기고 있는데 계단을 올라오는 M의 발소리가 들린다. 택시회사에 전화를 했더니 오십 분 후에야 도착할 수 있다고 했다. 아침에 일어나면 P가 아무것도 기억하지 못한다 할지라도 다시 그의 얼굴을 보고 싶지는 않다. M이 노크도 없이 방문을 열고 들어온다. M의 얼굴을 마주 바라볼 수가 없어 창밖을 내다보았다.

"미안해. 저 사람, 언제부턴가 마시기 시작했어. 그의 삶의 정점에서. 왜 마시기 시작했는지는 그도, 나도 몰라. ……나중엔 술을 마시고는 수술실에 들어가기도 했어. 운전도 못 할 상태로 집도를 한 거지. 그래도 의료사고를 일으킨 적은 한 번도 없었어. 그렇지만, 그건, 용납될 수 없는 거잖아. 처음엔 병원에서

도 참아줬어. 환자들이 그를 찾으니까. 끝내 자르는 대신 병리학 쪽으로 보냈어. 끊임없이 마시는 중에도 그는 탁월한 논문들을 써냈어. 시도 때도 없이 손이 떨리기 시작하면, 조교가 위스키를 얼른 종이컵에 따라다 가져다주곤 했어. 병원에서 잘리기 직전에 먼저 사표를 냈어. 프랑스와 자코브 박사 팀의 면역학 연구소로 가게 됐다고 했을 때 사실인 줄 알았어. 여기 와서야, 아니라는 걸 알았지. 혼자서도 할 수 있다고 했고 연구 성과가 나타나면 찾아와서 모셔갈 거라고 큰소리를 쳤지. 사설연구소를 하나 차렸지만 개인이 감당하기엔 시스템을 설치하고 운영하는 비용이 너무 많이 들었어. 실력 있는 연구원들도 몇 명 합류했어, 처음엔. 그러다 하나씩 그만두었어. 자금도 문제였지만 연구의 성과에 대한 회의가 더 큰 이유였겠지. 가진 걸 다 쏟아부었어. 예비된 추락의 도정을 밟아가는 것처럼 보이는데, 그는 계속 큰소리만 쳤어. ……지금은, 저 사람, 아무것도 하지 않고 있어. 나는 뺏고, 그는 감추고 숨어서 마시는 게 요즘의 우리 프로젝트야."

"알코올릭은 명백한 병이야. 왜 고칠 생각을 안 해."

M이 고개를 젓는다.

"알잖아. 누가 저 사람을 컨트롤할 수 있겠어. 어제, 들어오기

전에 저 사람 술 사왔지? 밤에, 저 사람이 잠든 후에 미친 여자처럼 온 집을 뒤졌어. 어디다 숨겼는지 찾을 수가 없었어. 저이는 감추고 나는 찾아서 버리는 건 미국에서부터 시작된 전쟁이야. 병원에서 근무할 땐 특수 제작한 점퍼를 입고 양쪽에 휴대용 술병을 꽂아놓고 마시기도 했어. 나 몰래 술을 사와서는 정원 여기저기에 묻어놓고 스트로를 꽂아놓고 마시기도 해. 나는 결코 찾을 수 없는 곳에. 개처럼 땅바닥에 엎드려서, 얼굴을 흙에 박고는 술을 빨고 있는 걸 커튼 틈으로 보고 있으면, 내가, 정말, 미칠 것 같아. 끊임없이 바람을 피우거나, 다른 여자를 사랑하는 것보다, 저건 더 나빠. 이미 미안하단 생각도, 죄책감도 없어."

나란히 서서 나는 M이 소리없이 흘리는 눈물을 읽는다.

"정말 견딜 수 없을 땐, 차를 달려서 절규의 방에 가서 서 있다 오곤 했어. 내가 여기서, 누구 앞에서 울겠어? 참고 있다 돌아오는 차 안에서 늘 울었어. 소리내어 엉엉 울면서, 붉은 신호등 앞에선 브레이크도 밟으면서, 눈물이 턱에서 모여 허벅지가 뜨뜻해지도록 뚝뚝 흘러내리는데, 지나가는 사람은 없나, 좌우도 살피면서, 그렇게, 그래도 살겠다고 운전을 해서 저 길을 다시 돌아오는 거야."

나는 M의 팔뚝에 손을 얹는다. 더이상 날 숨막히게 하지도, 스스로 빛을 발하지도 못하는 팔. 제 입에서 나온 절규가 제 귀에 들리지 않도록 귀를 틀어막아야만 하는 팔. 어두워지지 않는 저녁은 시간이 흐르지 않는 공간처럼 현실감이 없다. 겨우 이틀, 나는 벌써 어둠이 그립다. 끝내 하늘은 검붉어지지도 회오리치지도 않고, 화장기 없는 스칸디나비아 처녀의 낯빛처럼 희끄무레하기만 하다.

"P가 뭐가 부족해서 알코올릭이야?"

M은 고개를 젓는다. 하긴 이러저러해서 오늘부터 술을 마시기 시작한다, 고 선포하고 시작한 사람이라면 중독에 이르지도 않았을 것이다. M의 목소리는 물속에서 들려오는 듯 젖어 있다.

"밤이 얼마나 아름다운지 모르지? 백야가 계속되는 동안은, 덧창 없이는 잠들 수가 없어. 밤이 없으면, 잠들지 않고 일하면 썩 훌륭한 인간이 되어 있을 것 같은데, 그게 아니더라. 저 사람에겐, 자기 인생이 끝없는 하얀 밤처럼 느껴졌나봐. 기억과 욕망이란, 신의 영역이란 걸 너무도 잘 알고 있기에 선택했겠지. 저 사람은, 그림자를 찾고 싶어하는 거라고 생각해."

전조등을 켠 콜택시가 밀밭 사이를 달려오고 있다. 꼭 가야 한다면, 오슬로까지 배웅해주겠다며 M은 몇 번이나 말했지만,

슬픔의 한 조각도 드러내지 않으려 애를 쓰는 M의 목소리를 더는 견딜 자신이 없다.

"미안해. 사흘 정도는 감출 수 있을 줄 알았는데."

차 문을 닫기 전 마지막으로 M은 그렇게 말하며 희미하게 웃는다. 대낮에 길을 잃은 사람처럼 그녀의 검은 눈동자가 아득하다.

이제 다시는, M을 볼 수 없을 거라는 것을 나는 안다. 호텔 오슬로 플라자. 짧게 말하고 나는 뒷자리에 몸을 묻었다. 나는 뒤돌아보지 않는다. 황량한 뜰에 백야의 희미함 속으로 스며들어버릴 듯 서 있는 M의 모습을 본다면, 나는 감당할 수 없는 일을 저지를지도 몰랐다. M의 아득한 눈동자에서 노랗고 작은 달을 들여다보고 싶은, 마돈나를 찾아 M의 옷을 벗기고 싶은 내 욕망을 눈꺼풀 속에 가두고, 나는 뒤돌아보지 않는다.

차는 사라진 밤을 찾아 달려가듯, 길의 소실점을 향해 나아간다.

*

새벽에 잠들어 열한시 무렵에야 일어났다. 식당으로 내려가 아점을 먹었다.

오후에 오슬로 대학에서 있을 강연이 이번 일정의 마지막이다. 영어강연원고는 미리 준비해왔으니 읽으면 될 것이다. 원고는 아마, 백 번쯤 읽었을까. 읽을 때, 매번 내 앞에 앉아 있었던 가상의 청중은 단 하나, P였으니 오늘 나는 아무도 없는 텅 빈 강당에서 원고를 읽어야 할 것이다. 질의응답시간에는 통역을 쓰기로 했으니 일정에 대한 부담은 없었다.

호텔에서 나와 택시를 타고 뭉크 미술관으로 가자고 했다. 기사는, 어제 그곳에서 도난사건이 있었다며, 주요한 두 작품은 볼 수 없을 거라고 한다. 그래도 갈 거냐는 질문 같았다. 그 없음을 보러 가는 것이라는 얘기는 하지 않았다. 경비가 삼엄할 거라 예상했지만 뜻밖에 미술관 주변은 별 변화가 없다. 안으로 들어가니, 실내는 걸어다니기가 어려울 만큼 북적이고 있다. 대부분의 관람객들은, 폴리스라인이 쳐진 벽 앞에서 그림이 걸려 있던 휑한 자리를 바라보고 있었다. 나 역시 그들 틈에 서서 비어 있는 공간을 오래 바라보았다.

빈 벽은 녹슨 청동거울처럼 제 앞에 서 있는 무수한 얼굴들을 소리없이 삼키고 있었다.

강연에 온 학생들의 질문과 태도는 진지했다. 그들은 뜨겁고 나는 차가웠다. 질문에 대답해가면서, 나는 점점 견딜 수 없다는 기분에 빠져들었다. ……뼈가 훤히 보이는, 앙상한 골격뿐인 영화야. 뻔하고 친절한. 매혹은 뼈가 아니라 살에서 오는 거야. 엑스레이엔 잡히지 않는 살, 말이야. 누구도 분석할 수 없는 필름을 만들어봐. 설명하려 들면, 빛은 사라진다. 나는 에밀 쿠스트리차보다 한 수 윈데 너희들이 몰라주는구나, 내가 만든 건 양들의 침묵인데 이놈들이 이해하지 못하는구나, 그런 오해도 하지 마. 술에 취해 지껄이던 P의 말이 도깨비풀처럼 내 필름에 덕지덕지 들러붙어 있었다.

일정을 모두 끝내고서야 한 주일 동안의 긴장과 피로가 밀려왔다. 호텔로 돌아오는데 혓바늘이 돋고 두통이 시작되었다. 쉬고 싶었다. 가방을 싸놓고 바에 내려가 술을 한잔 마실까 하다 멜라토닌 한 알을 삼키고 자리에 누웠다. 피로했으나 잠은 오지 않았다. 약효는 한 시간이나 지나서야 나타났다.

꿈 없는 잠을 자르며 전화벨이 울린다. 수화기를 들자, 단정한 영어로 누군가 내 이름을 확인한다. 낯선 목소리가 발음하는 내 이름은 짧은, 세 번의 비명처럼 들린다. 바에서 걸려온 전화다.

바의 문을 닫을 시간인데 당신의 친구가 당신을 찾는다, 그는 카드를 가져오지 않았고 당신이 체크를 해줄 거라고 했다, 는 말을 하며 그는 P의 이름을 역시 짧은, 세 번의 비명처럼 또박또박 발음한다.

"나는 모르는 사람입니다."

그는 다시, 그 사람도 당신처럼 한국인이며, 술을 매우 많이 마셨다는 얘기를 반복한다.

"나는, 그런 사람 모릅니다. 다시는, 잠을 깨우지 말아주세요."

내 목소리는, 느리고 냉정하다. 아침이 오기 전에 그를 세 번이나 부인하기는 싫어, 전화를 끊은 후, 수화기를 내려놓았다. 오슬로에서의 사흘을 나는 내 인생에서 지워버리기로 한다.

오슬로에는 오지 말았어야 했다. P는, 내 안의 불꽃이었다. 그가 사라지면, 나 역시 불의 그림자처럼 희미하게 사그라지고 말 것을 나는 알고 있다. P를 모른다 한 것은, P를 잃지 않기 위해서다.

잠은 우주 밖으로 달아나버렸다. 일어나 나무덧창을 연다. 나무들은 정령처럼 그림자가 없다. 밤은 끝내 어두워지지 않는다. 나도 저 투명한 밤이 두렵다. 하얀 밤이여, 나뉘어라. 슬픔도 아닌 것이, 회한도 아닌 것이, 물이 되어 내 눈에서 밀려나온다. 밤

은 그제야 출렁이듯 왜곡되며, 둥글게 소용돌이친다. 밤의 하얀 폭이 세로로 쪼개지며, 그 틈으로 검붉게 질퍽이는 덩어리들이 뭉클뭉클 밀려나온다. 나는 내 목소리가 들리지 않도록 손바닥으로 귀를 감싸며 혼자 중얼거린다.

나는 P를 만나지 못한 지 오래되었다, 고.